新潮文庫

ゆっくり歩け、空を見ろ

東国原英夫著

新潮社版

8212

ゆっくり歩け、空を見ろ

一九九八年十月十三日お昼、突然、TVの画面に僕の名前と写真がでかでかと映し出された。バラエティではなく報道番組だった。能面のような顔をした女子アナが冷酷にニュース原稿を読み上げた。

「昨日までに警視庁は、十六歳の少女を使って猥褻《わいせつ》なサービスをさせていたとして、児童福祉法違反並びに青少年健全育成条例違反の疑いで渋谷の風俗店Nを摘発し、同店店長のKを同容疑で逮捕しました。尚《なお》、同店に出入りしていたとして、人気タレントのそのまんま東さん四十一歳を事情聴取していたことも分かりました。そのまんま東さんは店で働いていた十六歳の少女に性的類似行為のサービスを受け……」

僕はこの報道を近所の蕎麦《そば》屋《や》でたぬきうどんを食べながら見ていた。名前が画面一杯に出た瞬間、持っていた箸《はし》が宙に止まった。うどんがつるっと丼《どんぶり》に落ちるのが分かった。我が目を疑った。

実は、この五月に渋谷のとある風俗店Nに行った。ところがNで僕がサービスを受けた女性が、十六歳の未成年だったらしいのだ。らしいと書いたのは、僕はその風俗嬢が十六歳だったことを知らなかったからだ。

六月になって警察から連絡が入り、Nを児童福祉法違反並びに青少年健全育成条例違反で摘発するので、未成年の女性が働いていたことを証明するために、証人として協力してくれと依頼された。寝耳に水だった。協力要請とはいえ、警察からの電話には、有無を言わせないニュアンスがあったし、国民の義務だと考え協力した。

捜査が本庁に移った関係で、任意の事情聴取が六月と九月に計二回、実況見分が十月に一回行われた。実況見分とは刑事と現場に同行し、実際にサービスを受けた店を特定するという作業である。

事情聴取の内容は、店に何回くらい行ったかとか、誰と行ったかとか、どういうサービスを受けたかなど様々に及んだ。僕はどの質問にも正直に丁寧に答えたので、聴取は割合スムースに進んだ。本庁少年課のメタルフレームの眼鏡をかけた初老の刑事は最後に「我々の方からマスコミに漏れることはありませんから……」と聴取を締めくくった。

それなのに、信じられなかった。僕は心の中で思わず叫んだ。

「嘘《うそ》。警察はマスコミには漏らさないって言ったじゃないか」

どんなにあがいても全《すべ》ては後の祭りだった。恨むとしても一体何を、一体誰を恨むべきなのか、対象はいないのだ。ただ自分が馬鹿《ばか》だったのだ。安易にあんな店に行った自分が……。

蕎麦屋の空気が一瞬変わり、周りの客の視線が痛いほど僕に突き刺さった。その時、何故か突然母の顔が脳裏に浮かんだ。年老いた母は遠くから悲しそうに僕を見ていた。何も喋《しゃべ》らなかった。いたたまれなくなり僕は店を出た。出る時にレジで千円札を払い「おつりはいりません」と言うと茶髪の女子店員が無言でひったくるようにお金を受け取った。

店を出て、あてどもなく歩いた。どこをどう歩いたかは覚えていない。頭の中は空洞だった。

こんな訳で九八年は僕にとって生涯忘れられない最悪の年になった。写真誌には激写され、おまけに風俗店に出入りしたということで謹慎の憂《う》き目《め》にあったのだった。

僕らの職業は本質や実体より、イメージが優先される。メディアはイメージの悪いタレントを排除する。特に犯罪に絡《から》んだり警察沙汰《ざた》になったりすると致命的である。

僕も御多分に漏れず、仕事の自粛、つまり自主謹慎を余儀なくされた。一体どうしてこういうことになったのか。確かに犯罪の温床ともなり得る風俗店に出入りしたことは反社会的行為と言わざるを得ないし、家族がありながらそういう店でサービスを受けたということは倫理上思わしくない。充分反省する。反省はするが……僕の中で判然としない何かがわだかまっていた。

翌日からワイドショーや写真誌などのマスコミは鬼の首をとったように僕の不祥事を報道した。

「淫行《いんこう》疑惑！」「淫行騒動！」「淫行離婚！」「そのまんま淫行！」どの報道にも「淫行」の二文字が大きく踊っていた。師匠が冗談で言った「あいつは死刑だな」という一言を縮めて取り上げ「そのまんま東、死刑！」と見出しを打つ週刊誌まであった。淫行は全く成立していないのに……警察に協力しただけなのに……情けなくてやり切れなかった。このやり切れなさをどこにぶつけていいのか分からなかった。

妻は僕が風俗店に出入りした事実より、このような騒ぎになったことで子供達に及ぶ影響を懸念《けねん》し、僕に対する怒りを顕《あら》わにした。

「子供達が、貴方《あなた》のせいで学校で虐《いじ》められたりしたらどうするの。貴方が一人で生きてるんだったら何をやってもいいの。でも貴方は一人じゃないのよ。そこのところを充分自覚して行動して下さい」

妻は唇を血が滲《にじ》む程嚙《か》みしめていた。

不祥事発覚の翌日から、家の周りにマスコミ関係者や報道陣が集《たか》っていたし、近所の目もあるし、妻の怒りもあるし、その日から家に帰れなくなり僕は完全に居場所を失った。マスコミからだけでなく社会からも排除されたのだった。

最初の二週間くらいはホテルを転々とした。連泊するとマスコミに通報される危険性もあるということだったので毎日ホテルを変え、午前中チェックアウトし、別のホテルに深夜チェックインした。

その間、できるだけ人気の無い公園や地下道で時間を潰《つぶ》した。人の視線に入るとまるで犯罪者のようにそそくさとその場を立ち去るのだ。肩を落とし背中を丸め、あてども無くただ歩く。歩き疲れると、そこいらに腰を下ろした。それは知らない民家の軒先だったり、人工的な小川の辺《ほとり》だったり、路地裏のゴミ捨て場だったりした。休むのに疲れるとまた歩き出す。

行くあては無かった。ただ、時間を潰すだけがあてだった。

人生の大切な時間の単なる消費が生きる最大の目的なのだ。世の中にはこんな時間の潰し方もあるのだ。僕は、歩きながらただ夜更《よふ》けを待つのだ。自分が隠れられる夜更けを。

来る日も来る日も、茫然《ぼうぜん》と歩き人目を避けた。どこをどう歩いたかは覚えていない。時々、塀に突き当たったり、犬に吼《ほ》えられたり、缶につまずいたりした。ぽつねんと、てくてくと、ひたすら歩き、その間、一度も顔を上げなかった。子供達に無性に会いたかった。でも、会えなかった。「運が悪かったんだ」ではすまされない悲惨な現実があった。

自分自身を見失いかけていた。

そうやって僕はいつのまにか四十一歳になっていた。

「四十一歳」

何という歳《とし》だろう。誰かが「厄年だね」とポツリと言った。

昔、自分が四十一歳になるとは思っても見なかった。ということは、いつかは六十歳にもなり、生きていれば八十歳にだってなるんだ。そして、いつかは死ぬ。必ず……。

そう考えた時、いてもたってもいられなくなった。

僕は、ある事を決心した。

それは、三十三年前に生き別れた父——北村英次を捜すことだった。

実を言うと、僕はこれまであいつについて、消息も生存しているかどうかさえも知らなかった。

僕がどうしてそういう父に急に会いたくなったかは他にも幾つか理由がある。勿論《もちろん》これまであいつのことを一度も考えたことがない訳ではなかった。それどころか僕の意志かあいつの意志なのかは分からないが、これまで何度となく心の中に、何の前触れもなくすっと現れ、僕をひどく混乱させていたのだった。それは実にありとあらゆる場面で……例えば夢の中だったり、友人と電話している時だったり、朝ジョギングしている時だったり、大学入試中であったり……そんな時、僕は決まってあいつの亡霊を見えない場所に押しやろうと必死にもがいた。けれど、押しやっても押しやっても、まるで蓋《ふた》が壊れたびっくり箱の人形のように、何度も何度も僕の前に出現した。

あいつの姿を見かけるごとに、つまり年齢を重ねるごとに僕はあいつに似ていった。複雑な気持ちだった。もしかしたら僕の生き方は本質的にあいつの生き方と同じなのではないかと焦《あせ》った。

何度も何度も現われる北村に僕は呆《あき》れ果て、終には百八十度目線をはずし、背を向け、決して振り返らなかった。するといつのまにかどこへともなく姿を消した。そういう作業を繰り返し、僕はこれまで生きてきたのだ。それは、まるで土の上を雑巾《ぞうきん》で拭《ふ》いているかのような空虚さだった。

あいつが亡霊として出てくるのは、きっと僕の中で上手にあいつを殺せていないことが原因なのか。男の子は、母への恋慕から、心の中で父を殺し、父を超えた時、真の「男」になるらしい。エディプスコンプレックスというやつである。

僕は、そういう大切な作業を省略して今日まで生きてきた。

理由についてもう少し説明する。僕がどうしてあいつに会いたくなったかということと、会わなければならないと思ったかについて。

今回の不祥事で最も迷惑をかけたのは、息子に対してであると思った。

僕の息子は今年八歳になった。八歳、そう、僕があいつと別れた時、僕も八歳だった。息子の最近のふとした立ち居振る舞いや、上目遣いに見る眼、眉間《みけん》の窪《くぼ》み、顎《あご》のラインなどが八歳の時の僕に驚く程似ているのだ。僕は息子と対峙《たいじ》している時、三十三年前にタイムスリップし、八歳の僕と向き合っているような錯覚に陥ることがある。

ということは息子と対峙している僕は僕の父なのか。あの時のあいつなのか。僕に果たして父の資格があるのか。じゃぁ、あいつはどうだ。

あの時、あいつは果たして僕に悪いと思ったのか。

試しに鏡に映った僕の姿を見てみる。記憶の底に沈んでぼやけた北村の顔がそこにある。まさしくあいつだ。僕とあいつだけに共通する輪郭、眉間、眉《まゆ》、その一つ一つが総毛立つくらいよく似ている。僕とあいつが本当の父子として実証される忌《い》まわしい物的証拠。人間のＤＮＡは好むと好まざるとに関わらず、あらゆるものを何でもかんでも子孫に伝えてしまう。場合によっては生き方までも。

顔の形状だけではなく、怒る時の生《は》え際《ぎわ》の痙攣《けいれん》や、酒をあおる時に口元に溜《た》まる白い唾《つば》、悲しみで小刻みに震える顎など、細かい数々の表情までも三十三年の時空を超えて僕の脳裏に映し出される。おまけに、得体の知れない後悔や無念、悲哀や疎外感《そがいかん》などの感情も何故か同時に伝わって来る。あいつのあらゆる表情と感情は、僕の中で段々不思議な形を成し、滝のように落ち、狂おしい程巨大な渦を作り上げていく。思わず僕は頭を押さえる。なのにあいつは尚も僕に信号を送り続け、僕はその全てをキャッチし、僕自身と僕の中のあいつに力一杯問うてみる。

お前は父か？　本当の父親か？

僕がこれまで決してあいつを父として受け付けようとしなかったのは嘘で、実はどうしようもなく欲していたのではないだろうか、と思うことがある。しかし何かの理由で欲求を無理矢理封印していただけなのではないだろうか。

何かの理由とは一体何だ？

そもそも僕にとってあいつに会うということは、とりもなおさず父子間の距離を確認することに他ならない。確認し、あいつに近づき、心の中で抹殺するのだ。その際僕の中にその距離を計る物差しがあるかどうかこれまでとても不安だった。それにあいつとの乖離《かいり》が果たして接近可能なものであるのかどうか全く見当がつかなかった。たとえ近づけたとしても、ちゃんと殺せるかどうか自信が無かったし、彼を殺せない臆病な自分に会うのがひどく恐ろしかった。

このままではだめだ、打破しろ。誰かが僕に向かって叫ぶ。過去にモザイクをかけたままではこれ以上何処《どこ》へも進めやしないぞ。そんなことではお前の居場所など見つかるはずもない。居場所が見つからないというのは見つける努力をしないからだ。

僕は決心した。

不安と緊張がないまぜになる中、僕は宮崎行きの飛行機に乗った。もう十月も終わりだというのに宮崎にはまだそこら中に夏が残っていた。それはまるで涼しくなるのを忘れてしまったかのように思えた。空気の一つ一つが、上質な酸素の粒子で構成されているのが一呼吸しただけで分かる。僕が生まれて一番最初に吸い込んで、肺の奥にずっと大切にしまっていたのと同質の空気が、ここには今でも都会の排気ガスと同じくらい沢山あるのだ。気温摂氏二十五度。僕は歩きながら何度も汗を拭き、何度も立ち止まってふと空を見上げた。何故か空を見上げることができた。東京ではできなかったことがここではごく自然にできたのだ。不思議だった。

空には季節外れの積乱雲が広がっていた。じっと見つめていると落っこちてしまいそうに深く青い空は、幼い頃母と見上げた空と寸分違わずそこにあった。

まだ僕が幼い頃、母が口癖のように言っていた。

「ゆっくり歩け、空を見ろ」

こうやって昔と同じ空気を吸い、昔と同じ空を眺めていると、昔の様々な映像が僕の中に浮かび上がってくる。思い出の一シーン一シーンがまるで十六ミリの映画のようにスピーディーに動く。映像はとても粗《あら》い画像なのだが、細かいディテールは意外にはっきりしている。そこにはなぜか匂《にお》いも色も奥行きも感情も存在していた。

＊

僕は、一九五七年、宮崎市から車で一時間くらい離れた小さな地方都市に生まれた。現在人口は十三万くらいあるが、周りをぐるりとわりと綺麗《きれい》な山々に囲まれた、あくびの出そうな町である。人々はあたかもその地方だけの独特な時間があるかのように、実にゆっくり動くのだ。生きるということへの執着心が希薄で、これといった諍《いさか》いも競争もない。産業は澱《よど》んで先へ進まず、かといって後退も無い停滞した水溜《みずたま》りのような市《まち》である。

昔は周囲の町村とまだ合併していなかったので今ほどの人口は無かったが、町の活気は今より数倍はあった。あいつは、その頃かなり手広く不動産業を営んでいて、地元では知らない者はいないくらいの、いわゆる名士であったらしい。それだけにもちろん敵もいただろうが、実に快活で人情家で多くの人に愛されていたという。実際、家には来客が後を絶たず、たとえ朝であっても酒宴が始まることはしょっちゅうで、その度に母が酒を買いに走らされたのをよく覚えている。

母は、父―北村英次の内縁の妻、つまり、「妾《めかけ》」という立場にあった。

「妾」、ひどく切ない響きである。

母はその頃、英次を愛し、「妾」という生き方を選び、二人の子供をもうけていた。

二人の子供とは、僕と僕より二つ年上の姉である。どちらも母の子であった。いや、母だけの子だった。

　僕らが住んでいた二階建ての大きな家の表札には、北村英次、タミ、栄子、英夫、と刻まれていたが、僕が小学校に入学した時に担任の先生に呼ばれた名前は「山之内英夫」という名であった。

「山之内」とは母方の姓である。僕は初めその意味がよく分からなかった。母にはとても聞けなかった。母に尋ねることによって母が悲しむくらいのことは何となく察しがついた。後にその意味が完全に理解できた時も、僕は自分でも驚くくらい冷静だった。その頃、母が選んだ道がたとえどんな道であれ、僕も宿命として正面から真摯《しんし》に受けとめるべきだと考えていたし、覚悟も出来ていたからだった。

　とにかく僕らは、出来るだけそのことに知らん顔することにした。姉もそう僕を諭した。僕は、まるで地球のどこか知らない所で起こった出来事であるかのように振る舞おうと努力したが、「妾の子」という言葉は想像より遥《はる》かに重たく、現実として僕らの上にのしかかってきた。

僕は時々「妾」というあいつの吐いた言葉で気が狂いそうになった。「妾」という言葉はガン細胞のように僕の脳を侵食し、転移し、やがて特別な薬品を流し込んだように僕を内側から溶かしていった。そんな時僕は決まって微動だにできなかった。思考能力は止まり身体に軽い痙攣を起こした。何も抗《あらが》える術《すべ》は無い。僕はただ黙って溶かされて行くのを待つだけだった。強烈に吐きたくなった。黄色の吐瀉《としゃぶつ》物を、畑に撒《ま》くうんこのように周りにぶちまけてやりたかったが、結局は何も出来なかった。

あの時代この小都市では、僕らのような家族の在り方はやはり特殊であったと言わざるを得ない。「妾」の子である僕らを、目の端の方で見たり、後ろ向きに何かコソコソと陰口を言う人々がいた。中にはあからさまに面と向かって嘲弄《ちょうろう》したりする人もいたが、親切な人達も同じくらいいた。僕は度々その人達に救われた。裏手にあった天理教の教会長様とか、湖月堂というお菓子屋さんのおばちゃんとか、すぐ向いに住んでいた正子ちゃんとか。

正子ちゃんは僕より一つ年上のとても気丈な女の子であった。彼女は僕を揶揄《やゆ》したり囃《はや》し立てたりした近所の子供達を、片っ端からチータのようなスピードで追い掛け、とっつかまえては一人ずつ力一杯拳骨《げんこつ》をくれた。チータに捕まえられた獲物達は泣いて脅《おび》えたが、彼女は容赦が無く「二度としません」と誓うまでその手を離さなかった。彼女の背中はいつも躍動的でとても逞《たくま》しく、僕はいつも彼女みたいな男になりたいと憧《あこが》れていた。

彼女はよく茶色の猫を抱いていた。名前はトラ。トラとチータはまるで一緒に生まれてきたのではないかと思えるくらい仲が良かった。トラも僕らにとても親切にしてくれた。母がいない夜など、正子ちゃん家《ち》で御飯を御馳走《ごちそう》になるのだが、僕が食べ足りなさそうにしていると、トラは自分の食べる分の魚を必ず僕に譲ってくれた。僕が丁重にそれを断わり、「自分の分は自分でお食べ」と言うと、トラは頷《うなず》いてその時だけ野性の本能剝《む》き出しに、大きな焼き魚をペロリと平らげるのだ。腹を満たすと彼は決まって僕を慰めるかのように、僕の横で丸くなった。トラの口は魚臭く身体は蚤《のみ》だらけだったが、彼の体温は僕を心の芯《しん》まで暖かくしてくれた。

僕はことある毎《ごと》にトラに話し掛けた。

「トラはいいなぁ、人間じゃないから、いじめられたりしなくて」

そんな時トラは決まって小首をかしげ、とても悲しそうな表情で僕を見た。

母はこの頃、夜出かけることがしばしばあった。

市の中心部を少しはずれたところに、牟田《むた》町という南九州で二番目に店舗《てんぽ》数が多いという歓楽街があった。僅《わず》か数百メートルの間に何百軒もの夜の店が所狭しと軒を並べていた。その一番奥まったところに、粋《いき》筋の旦那衆が「悲しみ通り」と呼ぶ、幅三、四メートルの小路があった。「悲しみ通り」には、数軒の料亭や割烹《かっぽう》、その他極めていかがわしいネオンの店や、呼び込みが立つ謎《なぞ》めいた狭い部屋などがひしめきあっていて、路傍にはいつも酔っ払いの反吐《へど》が飛び散っていた。

どうしてここを「悲しみ通り」と呼ぶのか理由は分からなかった。

小路は先が袋小路になっており、どんつきに古い木造二階建ての『たなか』という旅館があった。そして、『たなか』の二階の二十畳程の部屋には常時十人くらいの芸子さんや娼妓《しょうぎ》さんと思《おぼ》しき人達が詰めていた。芸子さんといっても、京都あたりの本格的なものではなく、その類似品といった代物《しろもの》だった。母はここで新入りの芸子に簡単な行儀作法や三味線や踊りなどの芸事を教えていた。教えるといっても実際僕は教えているところを見たことはなく、つまり当時、新人がさっぱり来ていなかったのだ。母は、いつも海千山千と下世話な話をし、軽口を叩《たた》き合い、大口を開けて笑っていた。時々、思い出したように旅館の雑用をこなしたりしたが、それはただ暇を潰《つぶ》しているだけのように僕には見えた。

母自身ももしかすると元々芸子だったのかも知れない。母は『たなか』に来ると妙に艶めかしく生き生きとしていたからだ。逆に時々北村に「こん、食堂あがいの女が」と詰《なじ》られている時、彼女はとても悲しそうな顔をした。目にこぼれんばかりの涙をため、ありったけの憎しみを込めて北村を睨《にら》み付けた。そんな時僕も母の後ろから、母と同じ角度に目を吊《つ》り上げ、奴《やつ》を力一杯睨み付けた。僕にはその頃「食堂あがいの女」という意味がよく分からなかったが、母を悲しませるに充分な切ないニュアンスを持っていることは何となく理解できた。

当時僕は、しょっ中母の仕事場について行った。芸子さん達の中には実に様々な人達がいてとても面白かったからだ。まさに百花繚乱《りょうらん》――そんなに麗《うるわ》しい人ばかりではなかったが――で、背中に筋彫りをいれた痩《や》せぎすな男にいつも殴られているおタカさんとか、万引きの癖が直らずいつも警察の厄介になっているしょうこ姉さんとか、健康なのに四六時中黄色い薬を何錠も飲んでいる志々目姉さんとか、積夜具《つみやぐ》をしてもらったのに部屋の片隅でいつも泣いている純子さんとか。積夜具とは部屋の前に寝具を積み上げることをいう。それは客がついたということで娼妓さんとして働く純子さんにとって本来は嬉《うれ》しいことの筈《はず》だったが、積まれた夜は客の夜の相手をしなければならなかった。

皆、普段はとても明るく快活なのだが、酒を呑《の》むと蛙《かえる》のように一斉に泣き出した。おまけに、泣きながら銘々が「不実にされた」だの「惚《ほ》れて、誠を尽くしたっち」だの、好き勝手に喚《わめ》き散らすので聞き役の母を度々困らせていた。それでも母は、彼女らを優しく慰撫《いぶ》した。

女衆一人一人に「みんな悲しいんよ。みんな辛《つら》いんよ」という台詞《せりふ》をまるでお経のように何度も何度も唱えた。そんな母をみていると、もしかしたらここに「悲しみ通り」と名付けたのは、母かも知れないと思ったりした。

芸子さん達が泣き始めると、猿にそっくりの幇間《ほうかん》の忠助さんは、得意の猿の形態模写をし、彼女らを笑わせようとしたが、忠助さんが猿の物真似《ものまね》をすればするほど、泣き声は一層高まった。忠助さんに代わって僕が、猿の物真似をすると、おりんさんだけが蝦蟇《がま》のように笑った。

苦界《くがい》の中で——苦界とは芸子さんや娼妓さんがいる所のことをいうらしいのだが——最も歳《とし》をとっているのが、おりんさんだった。芸子さんというのは顔や首に白壁のように塗った白粉《おしろい》のせいで、実際の歳は焼死体のように判別しにくいのだが、それでもおりんさんだけはゆうに六十歳を超えてると思った。白粉を塗って六十歳なのだから、白粉をとったら七十歳は超えていると、いや、もしかしたら八十歳だろうか。酒が入ると老いた猩々《しょうじょう》の面のようだった。普段腰が曲がっておじぎをしている格好なので、そのおどろおどろしい顔は伏して見えないのだが、時々腰を伸ばすともろに顔が正面にくるのだ。厠《かわや》のあたりの暗がりで、突然その顔を見た客が何人か腰を抜かしたことがあった。それから、段々彼女に対する指名が減り、暇でほとんど置屋にいるので、僕は彼女といる時間が一番長かった。彼女はとっても気っぷくが良かった。僕を見ると、何処《どこ》で手に入れたのか分からない外国製のキャラメルやチョコレートを、古ぼけた茶筒の中から取り出し、僕の手に握らせた。

　おりんさんは僕が眠たくなるとゴツゴツの膝枕《ひざまくら》をしてくれ、実に様々な話を聞かせてくれた。天皇陛下が市の外れにあった飛行場を表敬訪問された時、乗っておられた白い馬がとても眩《まぶ》しかった話や、一人息子の岩男さんが人間魚雷で死んだ話や、田んぼの中でグラマン戦闘機に追いかけられた話とか、犬養毅《いぬかいつよし》のお座敷にお呼ばれした時の話など、彼女の話は全《すべ》てといっていい程戦争もので、同じ話を何回も繰り返すので、ストーリーだけでなく細かいディテールに至るまで僕はそらで言えるくらい暗記していた。彼女は話の最後に必ず「岩男にあいたかぁ」と付け加えた。まるで話のピリオドのように。

『たなか』に僕が足繁《あししげ》く出入りした理由はもう一つある。『たなか』の姉さん達が振り撒《ま》く香水や鬢《びん》づけ油の残り香が、外に出てもまるで敵から守るバリアのように、いつも僕を力強くそして柔らかく包容してくれているように思えたからだった。僕はこの頃『たなか』があまりに居心地良く、毎日のように夜遅くまで遊んでいるので朝起きられなくなり、幼稚園の登校拒否児となり、とうとう途中で辞めてしまっている。したがって小学校に入学する時、子供の歌や足し算引き算など何一つ知らなかった。

あれは僕が地元の公立の小学校に入学したばかりのことだった。

若くて神経質そうな担任の先生に、幼稚園時代に習った歌を一人一曲ずつ唄《うた》って下さいなと注文され、みんなは口々に『おつかい蟻《あり》さん』や『チューリップ』や『アイアイ』などを元気よく唄った。ところがそのどれもが初めて聞く歌ばかりだった。やがて僕の順番になったので、おりんさんが蛇のような声でよく唄ってくれた『芸者ワルツ』という歌を、おりんさんのようにしなを作って大声で唄った。

あなたのリードで　島田もゆれる
チークダンスの　なやましさ
乱れる裾《すそ》も　恥ずかし嬉《うれ》し

芸者ワルツは　想《おも》い出ワルツ

周りは全員ポカンとしていた。

僕が調子に乗って二番を唄い出そうとした時、先生がもの凄《すご》い形相で僕を制止した。沖縄のシーサーの様な顔をしていた。どうしてこんなに怒っているのか。僕は彼女の顔をまじまじと覗《のぞ》き込んだ。彼女は我を忘れ、口角泡を飛ばしている。彼女の飛ばす唾《つば》は霧状になり、僕の目の前をきれいに覆《おお》った。僕は、リスのように縦横無尽に動く彼女の唇をしばらく眺めていた。彼女はとても興奮していて手がつけられない。言葉は、方言丸出しな上、時々呂律《ろれつ》が回らなかったり、内容が前後したりするのでうまく把握出来なかったが、よくよく聞いてみると大体こんな事を伝えようとしているようであった。

「あなたは先生を小馬鹿《こばか》にしているんでしょう。一体どういうことなの。これは……私、こんな屈辱は初めて……あなたは何処でどういう教育を受けてきたの？　小学生の分際で……先生を馬鹿にして……お母さんを一度学校に呼びなさい……」

僕は家に帰って母にそのことを伝えると、母も先生と同じくらい激怒していた。母はこめかみに直径五ミリくらいの血管を浮き立たせ、ライオンのような声で吼《ほ》えたてた。女という生き物は、こんなどうでもいいことでどうしてこうまで怒りん坊になるのだろう。

母の言い分はこうだった。

「芸者ワルツのどこが悪いっちゃろか？……うちは息子に人に後ろ指なん指されるような教育をしてきたつもりはなか……何を言うちょる。へっぽこ教師が……明日、早速学校に行っちゃるけん、首を洗ってまっちょけ……」

僕はやれやれと思い、自分の布団《ふとん》に潜り込んだ。母はよほど業腹《ごうはら》だったのか、僕が布団に入ってからも、独り言をぶつぶつといつまでもいつまでも呟《つぶや》いていた。

翌日、女の決闘は真昼に始まった。丁度四時間目の「さんすう」が終わった時、窓側に座っていたおかっぱの子が、

「運動場に誰かおる」と叫んだ。

僕らの教室は二階で、南側に面していたので広い運動場が一目で見渡せた。おかっぱの子の指差した方を見ると、割烹着に銀杏返《いちょうがえ》しという訳の分からない出《い》で立《た》ちで、両腕に三味線を抱えた母が、調弦しながら大股《おおまた》歩きで校舎の方に近付いてくるところであった。

間もなく教室の前の扉が勢いよく開かれ、母が野太い声で叫んだ。

「後藤先生、おらっしゃいますか」

教室が一瞬どよめいた。しかし後藤先生はたじろがず、仁王立ちに母を見据えた。

母は後藤先生を教室の一番前の席に座らせ、自分は教壇の上に正座し「歌を聴いてくんしゃい」と言い、半眼で芸者ワルツを六番まで唄って聴かせた。さすがに一番は緊張していたのか、僅《わず》かに音を外していたが、二番以降はこれまで僕が聴いた中で最も上手な芸者ワルツだった。おまけに五番と六番は替え歌で、隠語が頻繁に出て来たので、若い後藤先生は何度か下を向き、微《かす》かに顔を赤らめていた。ただならぬ雰囲気を嗅《か》ぎ付けて他のクラスからも大勢野次馬がたかり、固唾《かたず》を呑んで事の成りゆきを見守っていた。隣のクラスの、角刈りでがっちりした体育教師も事の顚末《てんまつ》を残らず見ていたが、母と女教師の迫力に圧倒され、何も口出しは出来なかった。

母は六番をゆっくり唄い終わると、静かに

「芸者ワルツも立派な音楽。

芸者ワルツも立派な生き方。

いろんな考え方や生き方があってしかるべきじゃが」

と言い、揚々と教室から出て行ったが、運動場を歩いて行く母の後ろ姿には、いつもの威風はなく、どことなく悲しげな影が揺らめいていた。

一方、後藤先生は、目薬のような泪《なみだ》を目一杯に潤《うる》ませている。僕らは何も話し掛けられなかった。それからかなり長い時間、海の底のような静寂が僕らの教室を支配し続けていた。

お陰で僕は翌日から渾名《あだな》が「芸者ワルツ」になり、暫《しばら》く肩身の狭い思いを強いられる羽目になってしまった。母は、この教室乱入事件から僕を『たなか』に連れて行こうとはしなくなった。

姉はその頃どういう訳か北村とよく出掛けていた。夜な夜な何処へ行っていたかは覚えていない。とにかく母が仕事に行く時間になると僕はたった一人で留守番するように命令された。が、当然頑《かたく》なにそれを拒んだ。こんなだだっぴろい家にポツンと独り残されるのは怖くて怖くて気絶するくらい耐えられなかった。母もきっと小一の僕をひとり家に置いて外出するのはさぞかし辛かっただろう。

自分が親になってその時の母の気持ちが痛い程よく分かる。しかし母は心を鬼にし我が意を貫いた。彼女は自分自身の子離れと、僕に男として逞しく生きていくための小さな試練を与えるために、敢《あ》えてそういう行動に出たのだと思う。

そんな彼女の気持ちも考えず、母の紬《つむぎ》の着物の袂《たもと》をしっかり掴《つか》み、一緒に連れて行けと泣いてすがった。振り切る母。必死に追いすがる僕。家を飛び出す母。追い掛ける僕。やがて追いついた僕の手を引っ張り、家の方に引き戻そうとしたとたん僕は彼女の手をすり抜け、咄嗟《とっさ》に、近所の家に飛び込み、ドアを内側から閉めた。

「でてこんね。英夫。ここを開けんね」

母はドアの外側で優しく威嚇《いかく》した。しかし、僕は内側からトタンのドアをしっかり持って離さなかった。中に居た人達は、家族団欒《だんらん》夕食中に突然の無礼な訪問者が飛び込んで来て、よほどびっくりしたのか、両手の茶わんと箸《はし》が止まっていた。母はドアを家ごと倒さんばかりに思いっきり引っ張った。僕も渾身《こんしん》の力を振り絞り押さえたが、さすがに大人の力にはかなわなかった。ドアは轟音《ごうおん》と共に勢いよく外側に倒され、引っ張られるように僕は外に弾《はじ》き出された。見ると母は外れたドアと倒れた僕を見捨て、スタスタと大通りの方に歩き出していた。僕は彼女の後ろ姿に向かって二度叫んだ。

「かあちゃ～ん」「かあちゃ～～～ん」

彼女は、二度目の叫び声で立ち止まり、振り返った。彼女の目にはこれまで見たこともないような大粒の涙が溢《あふ》れていた。僕はその彼女の何かを決意した眼差しを見たとたん、胸がじんとなり、何故《なぜ》だかとても申し訳なく思った。そして、母が何かを決意したように僕も独りで留守番することを決意した。

幼稚園から小学校くらいにかけて、母は僕にいつもベレー帽を被《かぶ》せたがった。一体どうしてベレー帽なのか、何故ベレー帽でなければならなかったのか全く謎《なぞ》だったが、とにかく母は僕が外出する時、何処に行くにもベレー帽を被るよう命令した。お陰で僕は近所でウィーン少年合唱団という渾名がついていた。本当はジャイアンツのマークの入ったかっこいい黄色の野球帽が欲しかったのだが、とてもそんなことが言える気配では無かった。言えない僕は、結果として常にベレー帽を頭の上に載せられるはめになった。ベレー帽には時々蝶《ちよう》ネクタイというおまけがついた。それは……例えば近所で野球をやる時もユニホームにベレー帽に蝶ネクタイ、夏の花火大会で浴衣《ゆかた》を着ても頭にはベレー帽と蝶ネクタイ、正月の相撲大会も回しにベレー帽といった調子で、最後にはベレー帽がまるで十年も被っているカツラのように頭髪の一部に同化していた。この頃この町ではあまりベレー帽自体が普及していなかったので、初めて幼稚園へ被って行った時も十人中九人の人に指をさされ、けらけらと笑われてしまった。そのことが僕を登校拒否へと導いた要因の一つでもあったのだ。

人の格好にはいろいろと贅沢《ぜいたく》な注文をつけるくせに、自分は極めて質素だった。北村にプレゼントされた、ふかふかした毛羽の襟巻きや、品のいい絹織物の仕立て上がりなど、決して着ようとはしなかった。片っ端から簞笥《たんす》の中にしまいこみ、まるで郷土資料館のように大切に眠らせているだけだった。五百坪はあろうかという日本邸宅の中で、母はいつも醤油《しょうゆ》の染《し》みのついた割烹着《かっぽうぎ》に絣《かすり》のモンペというスタイルだったので、知らない人は彼女をよく下女と間違えていた。

僕は時々母に尋ねた。

「どうしてふだんからきれいな服や飾りものを身に着けんと。こいじゃ、宝の持ちぐされやよ」

母の答えはいつも同じだった。

「人間、いつどん底におちて貧乏になってしもうかも分からん。じゃけん、いつも辛抱の稽古《けいこ》をしちょっとよ。きちんとした訓練に耐えられん人間は生きちょる資格などなかけん。贅沢はいつでん出来る。きれいなおべべを着よう思うたら、明日にでん着れる」

しかしこれまで母に、明日が来た例《ためし》はなかったように思う。でも僕はそんな母を見ているとどこか「ホッ」とした。現実をきちんと見据え、置かれた立場をちゃんと自覚している母が好きだった。

他にも好きなところはいくつもあった。勿論《もちろん》嫌いなところもだ。僕はこの頃ノートに彼女の好きな部分と嫌いな部分を書き出したことがあった。どっちが多かったか、結果は思い出せない。

他に僕が彼女に関して好きだったのは牛乳の残し方であった。僕が学校から帰ってくると母はよく外出していて――大抵は近所でペチャクチャと油を売っているだけなのだが――いない時母は必ず牛乳を僕の為に半分残していてくれるのだった。半分残された牛乳瓶は、いつもテレビの上に花瓶のように置かれていた。実際、半分というより、少し多めなのだ。その少し多い部分に、彼女の深い愛を感じた。

昭和三十年代、この地方では毎朝牛乳やプラッシーやヤクルトを宅配してもらっている家はまだまだ稀《まれ》であった。朝靄《あさもや》の爽《さわ》やかな空気の中、配達人が運ぶ牛乳瓶と牛乳瓶が微かにぶつかりあうカチカチという音で目が覚めるのはとても気持ちがいいもので、自分がまるでドラマの主人公にでもなったような気がした。ましてや格子《こうし》の門扉《もんぴ》に「森永」と書かれた蓋《ふた》の付いた牛乳箱が設置してある家など、うち以外どこを探しても見あたらなかった。これは多少厭味《いやみ》な言い方であるが、僕と姉はそういったことにとても無頓着《むとんちゃく》に育った。物心付いた時には、あって当たり前みたいな金満な環境の中にいたので、それがどういった価値を持っているのか、近所の人達に教えてもらうまで分からなかった。当時我家にしか無かったカラーテレビや、襖《ふすま》のようにでかい二層式の冷蔵庫などもそうだった。まだカラーテレビは黄色と黄緑色の区別がつかなかったし、冷蔵庫もゴムの臭《にお》いがきつく、モーターの音もやたらとでかかったが、北村はとても誇らし気にそれらを眺めた。そして人生の勝者の証《あか》しとでも言うかのように、どこかの国で無惨《むざん》に殺された水牛の角を、床の間にこれ見よがしに飾った。しかし僕には薄汚れたただの灌木《かんぼく》の欠片《かけら》にしか見えなかった。カラーテレビの前にはいつも何人かの大人達がたむろし、酒を酌《く》み交わし、プロレスやオリンピックやニュースを食い入るように見ていた。北村は男として自分の生活力を周囲に誇るために、妾《めかけ》と妾の子供達には金銭的に何不自由ない暮らしを提供してやろうと思っていたのだろう。確かにこの家には金はあった。しかし金だけしかなかった。信じられないことに彼は、「金があれば幸せだ」と真剣に信じていたのだった。まったく、トラ以下である。いや、比べるとトラに失礼だ。

ところが母は賢かった。そんな環境で育って行く僕らの将来をとても懸念《けねん》し、僕らにできるだけ贅沢をさせなかった。だから牛乳を飲むにも母が半分弱。僕が残りの半分強。姉は一日半分ずつ、二日で一本と決めていたのだと思う――牛乳は節約しても、ベレー帽という贅沢はさせる。そこら辺が彼女の矛盾した点だったのだが――どうして姉は一人で、二日に渡って一本の牛乳を飲むかというと、姉は類《たぐ》い稀な潔癖症で、たとえ肉親でも人が口をつけた瓶に自分の口をつけるのを頑なに嫌がったのだ。

そんな訳で僕は学校から帰ると、母が残してくれた十分の六位の牛乳を一気に飲み干してから遊びに行くのが通例になっていた。テレビの上に置かれた牛乳瓶を手に取ろうとする時、毎回それは僕に何か奇妙な印象を与えた。透明な上の部分と白く色のついた下の部分は決して相容《あいい》れないもののように思えた。例えば透明な部分が母で白い部分が北村のような……そんな奇妙な感じであった。透明な母の部分は、向こう側がどこまでも透き通って見えるが白い部分は何も見えない。瓶を持ち上げて思いっきり振ってみる。すると白い薄い膜が瓶全体の内側に張り付いて、全体を不透明なものに変えた。それはあたかも二つの部分が結合して、全《すべ》てが白になったように錯覚するが、あくまでも錯覚で、ほっとくとやがて元の反目しあう二人に戻るのだった。その繰り返し。僕は少し苛々《いらいら》してその白い部分を飲み干し、全て透明にしてみせる。瓶を母だけにしてしまうのだ。

　この地方は六月に入るとまるで誰かが号令を掛けたように雨が降り出す。誰かとは雨の神様とか水の神様とかそういった漠然としたものではなく、僕のイメージによると、もっと具体的な……例えば湖月堂のおばちゃんとか、神柱宮《かんばしらぐう》の巫女《みこ》さんとか……そんな極めて身近にいる人の合図なのだ。

　雨は実に多種多様で、僕を感心させた。景色をただ濡らすためだけの雨とか、街の汚れを洗い流してくれる雨、永久に降り続けるのではないかと思わせる雨や、ぜんぜん空に似合わない雨などである。僕はどの雨も好きだった。雨が降ると母が何処《どこ》へも出掛けなかったからだ。母は雨が嫌いで全ての雨を遣《や》らずの雨だと思っていた節があり、家の上がり框《かまち》に置いてある、紫の品のいい蛇の目の唐傘は家に来てから一度も開かれたことが無かった。

雨の日の午後、僕らはよく一緒にうたた寝をした。僕は眠りにつく前、母の耳朶《みみたぶ》を触りながら微睡《まどろ》んだ。柔らかくて分厚い母の耳朶を、ほつれ毛の間から人差し指と親指で揉《も》みしだいていると、肌色がほのかに紅潮して来て上質な粘土のように指先に馴《な》染《じ》んだ。指の先から彼女の暖かい血の温《ぬく》もりが僕の中に直《じか》に伝わり、夥《おび》しい量の母を感じ取れた。まさに至福の瞬間。僕は、この平和でうっとりする雨の午後がいつまでもいつまでも永遠に続いてくれることを心から願いながら、うとうとと眠りに落ちていった。

彼女は僕の指に耳朶を委《ゆだ》ねながらよく「運」について独り言のように呟いた。

「人はね、誰でも運が詰まった『玉手箱』を持って生まれて来っとよ。前世でその人がした良かことの数と同じ数の運がその中には入っちょると。それらを少しずつ使いながら人は生きていくと。最初にいっぱい使い過ぎると、もうあとには何も残らん。じゃけん、上手に運を使わんとねえ……上手に使《つこ》うた人が一生幸せになるっとよ。じえんじぇん使わんと腐ってしまうし、使っても使わなくてもいつかはなくなると。必ず。誰でん……」

僕が尋ねると、

「母ちゃんはあとどんくらい運が残っちょっと?」

「母ちゃんはもともと運は少なかけんね、もうあんまい残っちょらんと思う。しかばい、残り少のうなった運ばこれから大切に使おうち思ちょるとよ。母ちゃんも人並みに幸せになりたかけんね」と言って唇の端で二ミリほど笑った。

彼女の幸せの方向性は定かではなかったが、今にして思うと、もうこの頃彼女はこの家を出る決心をしていたのではないかと思う。

彼女は最後にこう付け加えた。

「英夫、生きてるうちに何でんいいから良かことをどっさいしやん。そしたら今度生まれ変わってくるときにゃ、運のどっさい詰まった玉手箱をきっともらえるとよ……」

僕はこれまでした良いことを洗いざらい思い浮かべてみたが、捕まえたオニヤンマを逃がしてやったことと、六月燈(この地方の夏祭り)でお小遣いをはたいて買ったおもちゃの時計を、上長飯《かみながえ》町の母方のおばあちゃんにプレゼントしたことくらいしかなかった。

そう言えば、母はよく上長飯のおばあちゃん、つまり母の母によく責められていた。

「お前《まい》は、がっつい世間体が悪りぃ」

祖母のそんな苦言にも、母はいつもどこ吹く風だった。

「世間体なんち、どげんでん良か。私《うち》はうち。うちはうちん生きかたで生きとっとや。誰《だい》にも迷惑はかけちょらん」

母は、いつもそう突っぱねた。

母は、この頃どうやら実家からは勘当されたようだった。

＊

考えてみたら、爾来《じらい》、雨についてあれこれ考えていない。きっと雨についてあれこれ考えなくなることが、大人になるということなのだ。

思い出していると、一シーン一シーンは至極鮮明なのだが、それでも記憶はきれぎれで、時間の感覚が前後したり、あちこちに飛んだりする。思い出は、全く気紛《きまぐ》れで、しかもいつも自分に都合が良い。

突然、耳をつんざく轟音が聞こえた。飛行機が飛び立った音だった。その音でふと我に返った。

僕は、空を眺めていた。

視線を落とすと、空港のターミナルビルが小さく見える。

僕は、辺りを見まわし、レンタカー屋を捜した。確かここら辺にあった筈《はず》だ。

適当な車を借り、ここから約一時間離れた、僕の生まれた町を目指す予定である。

北村を捜すためには、どこにでも迅速に動ける足が必要である。

遠くにレンタカーと書かれた看板が見えた。僕は、そこに向かって、再びゆっくり歩を進めた。

歩きながら、北村の事を想《おも》い出してみる。

脳の中の空気を入れ換え懸命に思い出そうとしてみるが、今まで彼の事を記憶の外に押しやってきたせいか、脳の表面から滲《にじ》み出てくる彼の記憶は断片的で、しかも薄く色褪《いろあ》せている。それらを繋《つな》ぎあわせ、形あるものにするのにかなりの時間がかかった。

＊

一口に言えば、北村は照れ屋で寡黙《かもく》だった。普段、僕らには必要なこと以外あまり多くを語ろうとはしなかった。彼の声の記憶は笑い声と怒鳴り声以外あまりはっきり憶《おぼ》えていない。彼は三日にあげず酒を飲んだ。痛飲するとうって変わって饒舌《じょうぜつ》になり、身ぶり手ぶりを交えてよく仲間達を笑わせていた。そんな時、透明な焼酎《しょうちゅう》の瓶が、まるで彼の本当の妻のようにいつも傍らに寄り添っていた。彼の身体《からだ》はいつもポマードと酒の臭いで覆《おお》われ、小便などは気絶するくらい臭かった。

北村は、週末以外の夜は、ほとんど家にいた。彼が家にいると、すえた男の臭いが家中に充満し、軽い眩暈《めまい》を起こしそうになり、何故《なぜ》か喉《のど》がからからに渇いた。週末はどこで過ごしているのか、本妻の住む家にいるのだろうか。本妻の家は何処なのか、子供はいるのか。その辺の事情は全く分からなかった。時々思いきって尋ねてみようかとも思ったが、母をいたずらに悲しませるのは分かりきっていたので思いとどまった。それに当時、彼に本当のことを聞く必要など何ひとつないと自分自身に思い込ませていたし、話し掛けるきっかけも上手《うま》くみつからなかった。結果、僕は彼の前では無口だったし、彼もまた同じであった。時々二人の間には度し難い程の沈黙が横たわり、僕をすこぶる窮屈にした。

その沈黙を破ってくれるのはいつも酒であった。彼は一人で飲むことはなく必ず何人か飲み仲間を誘った。彼等の酒宴はとにかく喧《やかま》しい。そこは、まるで野犬収容所のようだった。北村は酔っぱらうと必ずパンツ一丁になり、割《わ》り箸《ばし》を鼻と口に突っ込んで、アフリカの山奥の部族を気取って奇妙な踊りを踊り、時々自分でこしらえた縁台から転げ落ちた。その度、仲間から「こん、うつけもんが」と失笑をかっていた。今思うと僕は彼のこういう部分をとても受け継いでいる。

この縁台が曲者《くせもの》で、持っている山から木を切ってきて、まったく彼独自の勘で作った高さ一メートル、広さ四畳くらいの宴会専用の縁台なのだが、素人仕事なので時々床の一部分がドスンと抜け落ちたり、片足が折れて突然横倒しになったりした。その度上に乗っている酔客や鍋《なべ》、大平《おおひら》に盛られた酒の肴《さかな》などももんどりうって転がり落ちた。陽気に唄《うた》っていた芸子さん達も後ろ向きにひっくり返ったりしたので、桃色の腰巻きが宙にひるがえり、日本髪の鬘《かつら》がスッポリぬけて、落石のようにころころ転がり落ちてしまったりして大騒ぎになった。その都度北村は、自分も転んでいたにも関わらず、腹を抱えて笑っていた。しかしそんな日は、僕はとても穏やかな気分になれた。大工仕事は下手だったが、彼は牛のように大食いで、料理は玄人《くろうと》はだしだった。食材の魚は、季節になると自分の山の渓流で鮎《あゆ》や山女を釣ってきた。ときどき鹿児島の方まで行って黒鯛《くろだい》や鯵《あじ》などを捕ってきては実に手際《てぎわ》良くさばいた。野菜は自家農園で取れたものや、農家で直接仕入れてきたものなので、どれもこれも太陽と土の匂《にお》いがした。トマトとかきゅうりなどをかじるとパリッと実に新鮮な音が出た。たまに、どこで手に入れたのか見当もつかない大きな桜色の肉の塊を、分厚い鉄板の上で焼いた。肉は猪《いのしし》の肉だったり馬の肉だったり鹿《しか》の肉だったりしたが、どの肉も舌がとろけるくらい美味《おい》しかった。アフリカの肉食動物の気持ちが少しだけ分かった。

酒がなくなると彼はよく母を呼んだ。

「タミ。タミ。焼酎がねぇど。タミ！」

その声が掛かると母は黙って近所の酒屋へ焼酎を買いに走るのだが、大抵は僕が申し出て母の代わりに行ってあげた。まだ小学校にも上がらない頃の僕にとって、焼酎の瓶は信じられないくらい重たかった。だから、途中で「ふーっ」と休むのだが、でかい一升瓶を横に置くと、まるで弟と二人で立っているみたいだった。

北村達が酒宴をしている時、母は台所に引っ込んだまま一歩も外に出ようとはしない。お馴染《なじ》みの割烹着《かっぽうぎ》に日本手拭《てぬぐ》いを姉さん被《かぶ》りにし、野菜を切ったり炭をおこしたり、洗い物をしたり、甲斐甲斐《かいがい》しく働いていた。しかし、その内面には、やり場のない怒りみたいな感情が溶岩のように沸いていそうで、それがいつ爆発するか僕はいつもはらはらしていた。

そんな母におかまいなく宴《うたげ》が終焉《しゅうえん》に向かい皆各々《おのおの》酔いつぶれてくると、陽気な北村は卑猥《ひわい》な言葉を連呼し正体なく一人で盛り上がっていた。そうなると僕は、二階の自分の部屋に上がり、舌打ちし布団《ふとん》にくるまった。

母は元来酒が好きだったのだが、家で饗宴《きょうえん》が催されている時は決して口にすることはなかった。客人に呼ばれてしつこくすすめられても、お猪口《ちょこ》に軽く口をつけるだけで全く下戸のふりをするのだ。どうしてそういう行動に出るのか分からなかった。宴が終わり後片付けも終わると、台所でこっそり焼酎を飲み、正子ちゃん家《ち》まで届きそうな深いため息を何度もついた。そんな時僕は母の横顔がとても美しいと思った。神秘的なこめかみに、二重瞼《ふたえまぶた》は切れ長で、睫《まつげ》は長く、輪郭は柔らかい流線を引いていた。人を横目で見たりする時の視線はまさに女豹《めひょう》のようで、実際見られた男衆は口々に「タミさんに見らるっと、なんかこう、吸い込まるっごちゃいがね。がっついそいだけで、惚《ほ》れてしまうっごちゃる」と照れた。

北村は僕を誘ってよく釣りに出掛けた。川や湖や沼や海、様々な場所で様々な魚を釣り上げた。彼は釣り糸を投げ入れる際、必ず「おっこっせー」という意味不明な掛け声をかけた。次の瞬間、ビューンという音と共に天蚕糸は空高く舞い、ダイナミックな弧を描き、川の遠くの方にポチャンと落ちた。

北村は、唇に人差し指をあて、

「英夫。なんも声出すんな。絶対だまっちょけよ。シーッ。人間がいると気付かるっと、頭の良か魚は餌《えさ》に喰らいつかんけんね。いいか英夫。しゃべんな。シーッ!」けれどもそういう彼の声が一番うるさかった。しかしそんな彼にも釣られる間抜けな魚が沢山いてとても不思議だった。もっと不思議だったのは北村の真似《まね》をして「おっこっせー!」と掛け声をかけると必ずなにがしか釣れたことだった。

掛かるのは沙魚《はぜ》や鮠《はや》や鮒《ふな》が多かったが、時々上流の養殖場から逃げ出して来た鯉《こい》があたり、僕らをとても興奮させた。魚が餌針に掛かると竿先《さおさき》が一瞬しなり、ひきが竿を通して手に伝わってきた。同時に、水の奥の方で何かがコインのように鈍く光ったかと思うと、やがて水面から蝶々《ちょうちょう》のように身体をひらひらさせて飛び出してくる。それはあたかも釣られたことを喜んでいるように僕には思え、耳を澄ませば、「真っ暗で泥々の川から救い出して頂き、こんなに綺麗《きれい》な青空を見せてくれて本当にありがとう」という魚達の声が聞こえてきそうな気がした。

　僕は釣った魚達を家に連れて帰り、池に入れ、水の底からでも青空が透けて見えるように透明な水を張ってあげた。池に入ったばかりの魚達は慌《あわ》ただしい動きで引っ越し先の住《す》み処《か》を隅から隅まで確認して回る。ところが透明なのはいいけれど水道水なので、大抵は一週間くらいでそのほとんどが死んでしまった。なかに水道のカルキをものともしない屈強な鮒がいた。僕はその鮒に鮒吉《ふなきち》と名前をつけた。鮒吉は上から見ると、黒く光る背中がとても大きくて逞《たくま》しく、まるで沼の伝説の主のように堂々としていた。ずっと見ていると何だか跨《また》って乗れそうな気がした。もし鮒吉の背中に乗ったらきっと彼は今まで見たこともないような宮殿に僕を案内し、見たこともないような御馳走《ごちそう》を食べさせてくれそうな気がした。そして、そう遠くない未来にそれは実現しそうな予感がしてならなかった。

　ところがある日、家に帰ると鮒吉の姿が忽然《こつぜん》と消えていた。僕はショックで声も出ず、池の浮草の裏とか飾り石の下とか、庭の奥の水溜《みずた》まりとか、野良猫の巣、床下、僕の部屋など、鮒吉が立ち寄りそうな所は全《すべ》てあたってみたが、鮒吉の姿はどこにもなかった。母に聞いても姉に聞いても知らぬ存ぜぬと言われた。きっと鮒吉はぬけがけして、一人で宮殿へ行ってしまったんだ。僕はしてやられたと思った。

しかしその晩、鮒吉の居所が分かった。何と北村が晩酌の肴に鮒吉を焼いて食べていたのだ。頭から串刺《くしざ》しにされた鮒吉からは美味しそうな湯気が立ち、目は変色してしまっているので何処《どこ》を見ているのかさっぱり分からなかった。身体の表半分はもう既に削《そ》がれ、彼の胃袋の中へと消えていた。僕は北村に殺意を抱き、猛烈に抗議した。すると北村はさすがにバツが悪かったのか、白髪混じりの短い髪をかき、「鮒吉は、弱っちょって、今にも、け死にそうじゃったけん。早く楽にさせてやろうと思ったとよ」と出鱈目《でたらめ》な言い訳をした。そんな筈《はず》はなかった。今朝までピンピンしていた。僕はそう言い返そうとしたが諦《あきら》め、奥歯を思いっきり嚙《か》み締めた。すると、怒り心頭の僕の機嫌をとるように、北村がとんでもないことをほざいた。

「英夫も食べるか？　なかなかうまかど」

僕は泣きそうになった。泣きそうになったがぐっとこらえ、鮒吉の供養《くよう》のつもりで鮒吉の腹の部分をちょっと摘《つま》み、醬油《しょうゆ》につけて食べてみた。これが意外にいけた。多少魚臭く癖はあったが、肉は締まり鮒吉の生命力がぎっしり詰まってるように思われた。僕がべそをかきながら鮒吉を少しずつ食べると、胃の中で鮒吉は見事に再生し、元気に泳ぎ回り、僕に永遠の力を与えてくれるような気がした。

山へもよく出掛けた。僕がまだ小学校に上がる前だったと思う。この頃姉はもう学校に通っていたので、大概僕と北村の二人っきりだった。彼は宅地や田畑だけでなく、この地方で〝山の小銭《こせん》取り〟と言われる山のブローカーもやっていたので、山へ行く機会は多かった。土地の中でも山の売買は最も大きな利鞘《りざや》を生む。そのことは大人達の会話を聞いて知っていた。その為か彼はとても山に力を入れており、木々の育ち具合や資質みたいなものを調査する為、頻繁に山へ入った。しかし鬱蒼《うっそう》と生い繁《しげ》った翠《すい》嵐《らん》の中を歩く彼の後ろ姿を見ていると、商売とは別に純粋に山を愛しているのではないかと思った。山を散策している彼は、生気に満ち満ちていたし、いつもより三割増しくらい喋《しゃべ》った。

山には四月には四月の、五月には五月の、六月には六月の表情があり、雪月花というよりまさに二十四気といった微妙な風情があった。しかし、それぞれの季節は、ばらばらではなく、一年を通して何か統一された意志をもって僕らに語りかけてきた。

木々から発せられる緑色の空気を吸い、山々と語り合っていると、とても落ち着いた気分になった。

驚くべきことに、北村は山の狭い切り通しや細い獣道を実によく知っていた。山狩りの犬のようにあちこちを歩き回る足取りは、どんな山奥に入っても自信に満ちていて、後ろをついて行く僕をとても安心させた。僕が疲れると足を止め、切り株の上に腰を下ろし、草木の種類や川の流れ方、石、雷、毒キノコ、野鳥、山棟蛇《やまかがし》などありとあらゆることについて教えてくれた。又、足に絡《から》んだ名前も分からないトゲトゲの葉で、無数の切り傷を負ったり、漆《うるし》に負けてそこら中が赤く腫《は》れ上がり、気の遠くなる程の痒《かゆ》みに襲われた時など、どこからか紫色のふわふわとした木の実を採ってきて、それを石で叩《たた》き、出た汁を僕の傷口に塗り込んだ。すると摩訶不思議《まかふしぎ》、魔法にかかったように痒みがとれた。

僕が、

「かゆみがとれた」と驚くと、

「おいは、魔法使いのおじさんやからね」

と金歯を光らせ、得意そうに笑った。そういう時の彼の金歯や胸は、とても逞しく輝かしく思えた。

太陽が真上にくると僕らは歩くのを止め、渓流のほとりの大きな岩に腰掛け、昼飯を食べた。北村が作ったのか母が作ったのかは忘れたが、御飯の真ん中に大きな梅干しが埋め込んであった。いわゆる日の丸弁当というやつで、アルマイトの小さなローラーを外して蓋《ふた》をとると、純白の御飯の片隅に、沢庵《たくあん》二枚と卵焼きが埋まっている。

時々蓋側に沢庵がくっついていたりすると、僕はその日を当たりの日と決めていた。当たりの日は何かいい事が起きそうでとてもワクワクした。

ある時、いざ食べるだんになって、我々は箸を忘れてきたことに気付き、しばし呆《ぼう》然《ぜん》としたことがあった。すると北村はすっくと立ち上がり、近くの立ち木の梢《こずえ》をポキッポキッと何本か折った。何の木だか分からなかったが、葉の萌《も》える幹も枝も真っすぐに伸びたとても姿勢のいい木だった。その細い小枝を丁度箸くらいの長さに切って、枝を被っている茶色い樹皮を剝《む》くと、中から骨のような白い部分が現れ、同時に、あたりに新緑の香りが漂った。彼が作ったその小枝の箸で食べる弁当は、黄緑色の香りと白米の舌触りが奇蹟《きせき》的なハーモニーを醸《かも》し出していて、今まで食べたどんなご馳《ち》走《そう》より美味しかった。

夕暮れになると僕らは疲れた足を癒《いや》し、身体についた草いきれと土埃《つちぼこり》を落としに、うさぎ温泉に立ち寄った。うさぎ温泉は山の麓《ふもと》にある古い温泉宿で、女将《おかみ》さんがとても太っていた。仄《ほの》かな檜《ひのき》の香りのする湯舟につかると、甘美なお湯の温《ぬく》もりが身体の芯《しん》まで充《み》ち充ちてきた。

北村は「あはぁ。よか湯。よか湯」と何度も漏らし、手拭いを頭に乗せ、気持ちよさそうに目を閉じた。時々そのまま眠ってしまうこともあったので、手拭いがお湯の中に落っこちてしまわないか、いつもハラハラした。

　うさぎ温泉には不似合いのできたばかりのローラースケート場があった。週末以外あまり客がいないので、まるで僕の貸し切り状態だった。たった一人で、丸いローラースケート場をぐるぐる回っていると、突然、僕の視界から風景が消えた。瞬間、世界中でローラースケートをしているのは僕だけで、僕一人が世界中から取り残され、世界は僕をおいてどんどん先に進んで行ってしまうような妙な錯覚に陥った。そんな時、僕は必死に北村の姿を捜した。しかし目が回っているので、なかなか見つけられなかった。やっと見つけると、ふっと現実にもどり、ホッとした。北村は僕が時々ぶざまに転ぶと、ネジ巻きの猿の人形のように無邪気に笑った。

　考えてみると僕はこの頃、北村を一度も「お父さん」と呼んだことがなかった。「お父さん」とも「父さん」とも「とうちゃん」とも「パパ」とも……呼べなかったのか。呼ばなかったのか。いや呼んで呼べないことはなさそうであった。だが、どんなタイミングでどんな声のトーンで一体どうやって呼べばいいのか。いろいろと考えあぐねているうちにその機会を逸してしまったというのが正直なところだった。一度チャンスを失うとなかなか次のチャンスは巡ってこないのが人生である。当たり前に育った子供には到底分かりっこないと思うが、世の中で一番難しいのは親の呼び方であると僕は思った。

山の中で彼が特に好んだのは、「山之尾」という清冽《せいれつ》でとてつもなく高い滝にかかる吊《つ》り橋だった。吊り橋の高さはざっと三十メートル。いやもっとあったかも知れない。橋の幅は人がやっと擦れ違えるくらいで、幅二十センチくらいの渡り板が線路の枕木《まくらぎ》のように等間隔に敷いてあった。板の間から眼下を見下ろすと遥《はる》か彼方《かなた》に、滝から溢《あふ》れ落ちる膨大な量の水が、まるで大蛇が何匹も絡《から》み合っているかのように渦巻いていた。それを見下ろす度、僕は身じろぎもできなかった。大蛇は獲物が落ちてくるのを、大口を開け、今か今かと待ち構えていた。実際ここで身を投げ、大蛇に飲み込まれた者は一人や二人ではなかった。ここは昔から自殺の名所とされており、地元の人は気味悪がってあまり近づこうとはしなかった。北村を除いて。

彼はここへ来ると、蔦《つた》の絡まる吊り橋を四方八方から眺め、何度も感嘆のため息をついた。

「おれが絵かきやったら、真っ先にこん吊り橋を描くけんね」

これは彼の口癖だった。

「なんで？」

ある日、僕はそう訊《き》いた。普段なら何も質問しないのだが、その日は当たりだったので、思いきって訊いてみることにしたのだ。

「なんでこん吊り橋をかこごたっと？」

僕が珍しく話しかけたので、彼は少し驚いた風だった。が、少し嬉《うれ》しそうでもあった。

「こん吊り橋には怨念《おんねん》が見えると」

彼の目尻《めじり》の深い皺《しわ》が僅《わず》かに揺れた。

「怨念て何」

「恨みのこつよ」

「うらみって何」

「人が憎い、と思うこつよ」

「何でこん橋が、にくかと？」

彼は腰にぶら下げたセルロイドの箱からキセルを取り出した。続いて、刻み烟草《たばこ》を詰め、ゆっくり火を点《つ》けた。彼は烟草の煙りを続けざまに何度も肺の奥に入れ、面倒臭そうに舌についた糟《かす》を唾《つば》ごと吐き出した。

短い沈黙があった。

「何人もの人がここでけ死んじょるとよ。けんど、こん吊り橋は、のうのうと生きちょっと……」

彼はやり場のない怒りを胸の中に仕舞い込むように、またキセルを吹かした。

「本当なら、あん吊り橋は、おいが切ってやらんといかんとやけどね。おいの山で人に死なるっと、山が売れんようになるからね」

彼は色のよくない唇を嚙んだ。

「けんど、あん吊り橋は生きちょっとよ。生きちょるし、怨念ばもっちょるから、なかなか切れんわい」

北村は苦笑した。

「吊り橋が生きちょるなんておかしいか」

僕は笑ってみせたがうまく笑えたかどうかは分からなかった。

幾分暗くなってきた。薄暮は処暑の匂《にお》いがした。

「吊り橋だけじゃないけん。なんでん生きちょっとよ」

彼は顔の半分で笑った。

「なんでんて、なんでんかんでん？」

「うむ。なんでんかんでん」

「茶わんも、はしも？」

「ああ、なんでんかんでん、魂が宿っちょっと。じゃかい、物は大切にせんとね」

彼は咳払《せきばら》いを一つした。次に、キセルに残った灰を足下の石で叩き落とし、腰の箱に脇差《わきざ》しのように仕舞った。

「何にでん、魂が宿っとっとじゃ。そん魂がちゃんと見えんな、良か絵も良か文も書けん、そう父ちゃんは思っとる」

彼は、この時初めて自分のことを「とうちゃん」と言った。

ドキリとした。

僕は、自分がドキリとしたことに気付かれないように、

「たましいって、何」

と、質問した。

「空から降りて来っとよ」

「へぇ」

僕は曖昧《あいまい》に返した。

また、暫《しばら》く、沈黙があった。

やがて、彼は大儀そうに立ち上がり、僕には到底解《わか》らないといった声でこう言った。

「英夫はこめえから、まだよう解らんとよ」

その通りだった。

僕はその頃彼の脳の中で一体何が起こっているのかさっぱり分からなかった。そんな時僕は堪《たま》らない無力感に襲われた。分かるのはどれもこれも具体的なことばかりであった。例えば、彼はパチンコが上手だとか、セミ取りが上手だとか、車の運転に慣れているとか……。

＊

北村は運転が好きだった。僕は彼が運転しているところを見るのが好きだった。この頃の少年達は、おおかたバスや機関車や飛行機の運転手に憧《あこが》れたものだった。

夏、北村の運転する車で海水浴に出掛けたことが何回かあった。

当時、市に数台しかなかった、英国車の型を真似《まね》たハイカラな車に僕と姉と母ともう一人――もう一人とは、たいていお手伝いのテルさんだったり、北村の女友達だったりした――を乗せて、まだ舗装されていない石ころだらけの国道をくねくねとひた走る。砂利敷きの道には深い轍《わだち》が二本でき、中央の凸部分が出っ張っていたので、車の底がぶつかってしまうのではないかとはらはらした。僕は、車の激しい揺れに身を委《ゆだ》ねながら、タイヤが撥《は》ね上げた小石が車の底にコッッコッッと当たる音を注意深く聞いていた。運転席の北村は道路が狭く蛇行しているにも関わらず、ハンドルを片手で持ち、もう一方の肘《ひじ》を窓にのっけていた。助手席には北村の若い女友達がいた。対向車のトラックと擦れ違う時など、結構いっぱいいっぱいなのに余裕しゃくしゃくで、時々、外国の映画のように口笛を吹いたりした。

姉は僕の横で、窓から時々入ってくる砂埃が気に入らないのか、それとも北村が気に入らないのか、ずっと顰《しか》めっ面《つら》を崩さない。僕もそうだったが、母は車の臭《にお》いが苦手なので酔ったのか、少し青ざめた表情でずっと外を眺めている。皆、実につまらなさそうだった。この時代の車にはまだ満足に冷房がついていなかったので車内は蒸し暑く、窓を開けてもたちまち砂埃が立ちこめた。不快指数は八十を越えていた。

時折バックミラーの中で、忙《せわ》しなく動き回る北村の目線と、僕の目線が合った。その瞬間僕はドキリとし、慌《あわ》てて目線を外した。外した後、どうして外してしまったのか自分でも分からず心がざらざらした。

潮の香りがやって来る。やがて空が少しだけ青さを増したかなと思うとそこは海だった。とても上手な画家が情熱的に描いたような海。

眼前に、青い大陸のような海原が拡《ひろ》がると、僕らの中に一瞬生気が蘇《よみがえ》った。北村は浜から少し離れた防砂林の大きな赤松の下に車を止め、さっさと車を降りた。

焼酎《しょうちゅう》の入った水筒を肩にかけ、軽快に歩き、砂浜では歩度を上げ、浜辺の真ん中に大胆に茣蓙《ござ》を敷いた。彼は、山に行く時と同じ麦わら帽子を被《かぶ》り、焼酎を水筒の蓋に注ぎ、まるでカルピスを飲むように飲んだ。焼酎で身体《からだ》を解《ほぐ》すとステテコ一丁になり、訳の分からない準備体操を始めた。ひととおり体操が終わると両手でほっぺたをパンパンと叩き、温泉に浸かるように海に入っていった。

「あぁ。薬や。薬や」

彼は決まって僕らにそう叫んだ。

それからくるりと向きを変え、ずっと沖にある飛び込み台の方に向かって奇抜な泳ぎ方で泳ぎ出し、やがて波間に消えた。

消えたかと思うと、麦わら帽子だけが又現れたりしたので、まるで麦わら帽子が勝手に泳いでいるように思えた。

それにつられた訳ではなかったが、僕も海水パンツになり海に向かって走った。でも、砂浜が炭火のように熱かったので、慌てて引き返した。北村はどうして平気だったのだろう？　呼吸を整え、もう一度、今度は全速力で突っ走った。姉も僕の後に続いた。しかし母だけはいつも水着にならなかった。簡単服に白い日傘を差し、太陽が眩《まぶ》しいのか海が眩しいのか、顔を四分の一ほど顰《しか》め、遠く水平線の方をぼんやり眺めていた。とても遣《や》る瀬《せ》無《な》い眼差しだった。海はきらきらと、まるで傷ついた鏡のように光り、傷ついた光は、傷ついた母を、母だけを照らしているように思えた。

母は、僕がぎこちなく泳ぎ出すと、心配そうに立ち上がって、僕の姿を監視員のような目線で注意深く追った。途中、突然夕立に見舞われたが、海の家には避難しようともせず、土砂降りの中にじっと佇《たたず》み、僕が無事海から上がるのを見守っていた。

僕の印象に残る母の姿はいつも僕らの方を向いていた。しかし、北村は不自然なほど後ろ向きであった。

＊

そんなことを思い出していたら、急に、昔家族で訪れた海水浴場に行ってみたくなった。かなり遠回りになるが、僕は行ってみることにした。レンタカー屋で借りた白のセダンで、昔走った国道を今走っていた。

遠くから海鳥の声が聴こえてきた。何の鳥だかは分からない。どこへ行くのかも分からない。

目的地までの道路は、信じられないくらい綺麗《きれい》に舗装され、沿道の植え込みにはフェニックスやワシントン椰子《やし》が等間隔にきちんと並んで立っていて、南国情緒を醸《かも》し出している。あの頃は、宮崎市から日南海岸回りで志布志町あたりまで行くのに半日くらいはかかったものだったが、今では二時間弱で行けた。実に目覚ましい進歩である。臨海の町並みは、昔ながらの佇《たたず》まいがすっかり姿を消し、どれもこれも近代的な民家や無機質なビルに変貌《へんぼう》している。家は屋根が甍《いらか》ではなく、一枚の薄い金属板で葺《ふ》かれている。軽くて丈夫そうで、確かに潮風には最適なのだろうが、どんな雨音がするのか想像がつかない。

道路には横断歩道と信号が増え、標識も色とりどりにとても鮮やかだ。僕の運転する車も冷房がちゃんと効き、且《か》つ深海のように静かである。様々な表示はスピードメーターに至るまでデジタルで、窓も自動で金属音と共に開閉する。昔の車は、窓を開閉する取っ手がよく取れ、手で窓をじかに摑《つか》んで引っ張り上げたものだった。ワイパーも時々故障した。そんな時北村は、雨が降り込むのもかまわず窓を開け、右腕を出しワイパーのようにフロントガラスを拭《ふ》きながら走った。

僕らが昔行った高松海水浴場はあの頃と同じところにあった。ところが、周りの景色があまりにも違っていたため、あやうく僕は通り過ぎるところだった。海水浴場自体も全く見違える姿になっていた。コンクリートの低い堤防で全体が囲まれ、子供の頃見た時より比べ物にならないくらい狭く、砂はどす黒かった。飛び込み台も岸に近く、二分の一くらいの大きさにしか感じない。雨音がうるさいトタン屋根の海の家はなくなってしまい、代わりにファミリーレストランと、とても土産物屋には見えない瀟洒《しょうしゃ》な土産物屋が数軒並んでいるだけだった。

変わっていないのは空気と海と空だけか。海も良く見ると何やら鈍色《にびいろ》にくぐもっている。僕はやれやれと再び車を走らせた。

アスファルトの道はどこまでも美しく、田畑の中に敷いた一本の長い絨毯《じゅうたん》のようである。絨毯の上を流行《はや》りの車が音もなく行き交い、車のどこにも石ころは当たらなかった。

三十分程で都城市に入った。市の境にある『ようこそ都城へ』という看板の字が剥《は》げかかっている。

この町は何年かぶりである。これまで僕は数年に一度くらいのペースで帰省していた。今回は確か五年ぶりだと思う。たかだか五年だが、毎日見ていない風景はそれでもかなり変わる。あまりパッとしなかった中央商店街は店もアーケードも新しくなり都会的に洗練されているものの、デパートは全体が色褪《いろあ》せ、一時の賑《にぎ》わいはすっかり衰微していた。巷間《こうかん》の人も建物も街路樹も、全部遠いところから運んできて誰かが新しく備え付けたように思え、僕は息が詰まった。全《すべ》ての風景が僕には歪《いびつ》に見え――勿《もち》論《ろん》本当は僕が異分子なのだが――もうここには僕が戻れる場所はないようにさえ思えた。

考えるに、僕は一体どこに行けば自分の居場所を見つけることができるのか？　人はそれぞれ自分なりの居場所を見つけそこに安住し、心の安寧を得たいと願う生き物だ。居場所の無い人間程悲惨なものは無い。そして今の僕はその悲惨という泥の中に全身ずっぽり埋っているのだ。

しかし僕はここに居場所や安住の地を捜しにやってきたのではない、北村を……父を……捜しに来たのだ。

僕はまず、僕らが三十三年前に住んでいた家を訪れてみることにした。そこには予想通り家の姿形はなく、代わりに古惚《ふるぼ》けた大きな幼稚園が建っていた。

*

愛という視点で言うならば、僕と姉と母の中で、最も北村に愛されていたのは、姉だったと思う。

北村は姉を文字通り、溺愛《できあい》していた。彼は女の子が欲しかったせいか、端《はた》で見ていても異常なくらい姉を可愛《かわい》がった。それとも、女性に対し何か負い目でもあったのか。

そういえば彼は二言目には「男は女が産んでくれたとや」と言っていた。

姉は、町で唯一《ゆいいつ》のキリスト教系の私立の幼稚園に通わせてもらっていた。赤いとんがった屋根のてっぺんには大きな十字架が立っており、ステンドグラスの窓からはよく聖歌が聞こえてきた。保育園に通っていない僕は、姉に連れられてよく日曜礼拝に行き、キャンディやお汁粉をご馳走《ちそう》になった。シスターは僕らにとても優しかった。生まれてこのかた一度も傷ついたことがないような顔で僕らに微笑《ほほえ》みかけ「全ては神のみぞ知ること、神さえ欺《あざむ》かなければ、神の御加護があり、必ずや救済されることでしょう」と説いた。僕は良く意味が判《わか》らなかったので、とりあえず周りにならい「アーメン」と言っておいた。そう言うと必ずご褒美《ほうび》が貰《もら》えた。

月日は経《た》ち、姉はそのまま上の小学校に進学した。入学式の日、母と一緒に僕も学校の教会に行った。入学式というのはどうしてこんなに晴れ晴れしく、誰も彼も、幸せそうなのだろう。不思議でしょうがなかった。

教会の礼拝堂はお寺のように冷んやりとしていた。「どうして神様や仏様がいるところはどこもひんやりしているんだろう」誰かに訊《き》いてみようかと思ったが、止《や》めた。入学の儀式は長く長く続いた。退屈な儀式は退屈な程長い。上級生が一人一本ずつ長い燭台《しょくだい》を手に翳《かざ》し、次々に入場してきて、各々《おのおの》静かに黙礼をした。頭を下げた先には、栄養失調で死にそうなおじさんが十字架に磔《はりつけ》になっていた。もしかしたら、姉はこのおじさんに何処《どこ》か遠い所に連れて行かれてしまうのかも知れないと真剣に心配した。

パイプオルガンから厳粛な曲が流れ、司祭様が聖書の一節を読み、「アーメン」というと、全員一斉に「アーメン」と続けた。その後も目くるめく宗教的な儀式が繰り広げられたが、一連の儀式はお世辞にも楽しいとは言えず、人間は何でこんなことをするのか、さっぱり理解できなかった。聖なる世界が一体全体どこに存在しているのか、それは本当に存在しているのか、僕には想像もできなかった。

横で僕と同じくらいの歳《とし》の男の子が、かかる退屈さに耐え兼ねてか、ついに泣き出してしまった。僕も泣きたくなったがじっとこらえた。どんな状況下でも、この頃人前で泣くのは、僕にとって「負け」を意味したからだった。

代々浄土真宗のくせに、母が僕にベレー帽と蝶《ちょう》ネクタイを薦めるようになったのは、この頃からだったと思う。母は、きっとあの栄養失調のおじさんから敏感に何かを感じ取っていたのだろう。もしかしたらベレー帽を被《かぶ》っていればどんな災難や不幸からも守られると考えていたのかもしれなかった。

そして、彼女の、他人の人生を自分のやり方にひっぱりこもうとする手口は、それ自体とても宗教的であった。

とにかく、北村は姉をこよなく可愛がっていた。けれど彼は女性の気持ちを推し量ることができず、しかも愛情表現がすこぶる貧困だった。

彼の中では相変わらず、「可愛がるイコール、物を買い与える」という間違った図式が正々堂々と成り立っていた。北村は姉に、流行の物を何でも買い与え、しばしば母と口論になった。それはもう洋服や着せ替え人形や学用品や茶わんに至るまでありとあらゆるもの。例えば彼女のランドセルは当時誰も持っていなかった六段式の豪華なやつだったし、筆箱は流行りのまんがの主人公がデザインされた二段式のやつだった。彼女の部屋には、電気スタンドのついた学習机、オルガン、プレイヤー、ベッド、レースのカーテン、青い地球儀、など僕の部屋にはないものばかりがあった。僕が母に同じ物をねだると必ず姉のお下がりが回ってきた。一度など、姉が穿《は》いていたタータンチェックのスカートの股《また》の部分を縫い合わせ、半ズボンとして僕に穿かせた。僕はスコットランド地方のバグパイプを吹く人のようだった。スカートにベレー帽である。きてれつなことこの上ない。

そういった訳で、彼女の部屋は足の踏み場もないくらい多くの贅沢《ぜいたく》品で埋め尽くされていたが、彼女は何故《なぜ》か窮屈な様子だった。いつも大きな出窓から外を眺め、継母にいじめられているお姫様のように深いため息をついた。

姉は僕と二人きりになると、風呂《ふろ》桶《おけ》一杯分くらい北村の悪口を言った。無精髭《ぶしょうひげ》が汚いとか、乗馬ズボンの社会の窓が開いていたとか、歯ぎしりがうるさくて眠れないとか……とにかく姉はこの頃どんなことに対してもケチをつけるのが癖になっていた。生来の潔癖症か、ささやかな反抗期なのか分からなかったが、特に北村の行動の一挙手一投足には苛々《いらいら》していた。

しかし彼女が北村を嫌っている本当の理由は、無精髭や社会の窓では無く、もっと別なところにあるような気がしてならなかった。

＊

姉は今でも不正や不潔を嫌い、極めて厳格で几帳面《きちょうめん》な人物である。それはきっと北村を反面教師として培《つちか》われたものに違いない。今回の僕の不祥事に対して、彼女から最もこっぴどく叱《しか》られた。無理もない。彼女は現在地元の高校の職員をしている上、大学受験を控えた高校三年と一年の女の子の母でもあるのだ。

事件発覚の翌日、彼女は電話が壊れるくらい怒鳴った。

「一体どういうつもりね。うちの立場はどうなるとね。明日から学校にどんな顔をして行けばいいと。家には受験を控えた年頃の子もおっとよ。もうバカやから、身内が苦労ばっかかいする。まっこち誰に似たっじゃろか」

姉の後ろで母のすすり泣く声が聞こえた。

「聞こえるね。お母さんは泣いちょっとよ。年寄りを泣かせて、どげん考えちょっと。

全く、こんスカタンが。あんたなんか、け死ねば良かと」

彼女の言う通りだった。

「お前なんか死んでしまえ」

と、自分に対して真剣に思った。

やはり僕の中には、北村のどうしようもない淫蕩《いんとう》の血が流れているのだ。

＊

海水浴の帰り、北村が「皆でうさぎ温泉に寄って行こか」と誘ったが、母は「やめよや」と突っぱねた。北村の誘いをそんな風にきっぱりと断わる母は初めてだった。

僕は少し残念だった。うさぎ温泉のあの甘美な白濁の湯が恋しかった。姉も行かないと言い張った。相変わらず、真夏に温泉はあわないとか日焼けが痛いなどと難癖をつけた。

結局、海水浴からの帰り、僕らはうさぎ温泉には寄らなかった。北村はかなりしつこく食い下がったが、母も姉も何故か頑《かたく》なに拒んだので、子供の喧嘩《けんか》みたいに、単なる意地と意地の張り合いになってしまい、帰りの車中は重く厭《いや》な空気が充満していた。「英夫はどっちよ。うさぎ温泉に行こごたっとか？」などとふられそうだったので、僕は、途中から寝たふりをした。

車はまだ陽のあるうちに家に着いた。皆何も喋《しゃべ》らなかった。北村は車を近くのお寺の空き地に止めた。家の土地は広かったが、どういう訳か敷地内には駐車しなかった。

北村は自動車のキーを指先でぐるぐる回しながら門をくぐると、どこからか大きなバケツを捜してきて、鮒吉《ふなきち》が死んで今は何もいなくなった池の水を汲《く》み出しはじめた。

僕は縁側に腰掛け、海水浴の帰り産地直売で買った黄色い西瓜《すいか》に喰らいつきながら、その様子を興味深く見守った。彼は何回も何回も汲み出し、そのまま地球の裏側まで掘ってしまうのではないかというくらい何回も汲んだ。やがて池の水嵩《かさ》は一センチくらいになり、底には藻とか泥とか焼酎《しょうちゅう》の空き瓶とかが残った。彼はホースの先を摘《つま》んで水を勢いよく飛ばし、その圧力で底をさらい、束子《たわし》で池の内側をごしごし擦《こす》りはじめた。セメントを擦るシャカシャカという音を聴いていると、こっちまでが綺麗《きれい》になっていくような気になった。やがてシャカシャカは終わり、北村は腰にぶら下げていた白い手ぬぐいで額の汗を拭き、

「よっしゃぁ！」と吠えた。

それから風呂場へ行き、先程から沸かしていたお湯を大きなバケツにたっぷり汲み、今度は逆に池に入れはじめた。一回バケツをひっくり返す度に「おっこっせー！」という掛け声をかけ、一体何回くらい往復しただろう。十回までは数えていたが、それ以上は面倒臭くなって数えるのを止めた。

やがて、池の水がなみなみとなる頃には、全身汗だくで相当消耗したようだった。池のお風呂にお湯を湛《たた》えると、彼はその場で裸になった。彼は一体幾つなのだろうと思った。太腿《ふともも》と肩は大きな筋肉で盛り上り肉置《ししお》きが良いのだが、尻《しり》と腹は醜く弛《ゆる》み、巨大で無気味な蛆虫《うじ》のようである。眉毛《まゆげ》は所々長く、首筋には無数の皺《しわ》がある。

彼は脱いだ服を池の縁《ふち》の石灯籠《いしどうろう》の上にかけ、あたかもうさぎ温泉の薬湯に入るように、池の湯に浸かった。

「ああ、よか湯やねぇ〜」搾《しぼ》り出すように洩《も》らす語尾には、聞いているものをうっとりさせる響きがあった。彼は極楽、極楽とも言い、訳の分からないお経のようなものを唱え始めた。その姿を見て僕は、西のお寺の観音様を連想した。

あたりの空気には少しずつ墨が混じり、そろそろ夜が始まろうとしていた。石灯籠の周りには、油虫やカレハ蛾《が》が飛び交い、僕の周りも藪蚊《やぶか》がうるさく、脹脛《ふくらはぎ》や二の腕あたりを何度も刺され苛々した。空にはちらほら星が輝き、家の奥の方から蚊取り線香の香りが簾《すだれ》越しに微《かす》かに臭《にお》ってきた。

北村は池に浸かったまま星を見上げ、叫んだ。

「タミ……焼酎……タミ……」


おりんさんが死んだのはそれから間もなくの事であった。

一人暮らしのアパートの軒で首を吊《つ》って死んだのだ。七十八歳だったらしい。部屋の卓袱《ちゃぶ》台《だい》の上に墨字で書かれた遺書が置いてあったという。

「人生に失望したので、岩男のところへ行きます」

七十八歳にもなって、「人生に失望した」なんて、とてもおりんさんらしかった。

そしてその言葉が彼女の人生のピリオドだった。おりんさんの死は、僕から、何か重大な、何か決定的なものを奪い取った。それは、あれほどうんざりしていた戦争の話を聞けなくなったことや、外国製のお菓子を貰《もら》えなくなったことや、退行した骨のごつごつとした膝枕《ひざまくら》をしてもらえなくなったことでは勿論《もちろん》無かった。そんなことじゃ無く、もっと他の何か、おそらく十字架に磔になっているあのおじさんにも、裏の天理教の教会長様にも想像出来ない何か。

おりんさんの死を知った母は、「岩男ちゃんにあえたかねぇ」とポツリと洩らし、一晩中部屋に閉《と》じ籠《こも》ってただすすり哭《な》いているだけだった。

＊

おりんさんが死んでから三十五年余りが経《た》つ。歴史の順番をもし組み替えられるなら、おりんさんの死はもう少し後にして欲しかった。できれば、せめて僕が死についてもう少しきちんと考えられる年齢になるまで。

三十五年という年月について考えてみる。

「さんじゅうごねん」

僕は、四十一歳になった今でも、未だ自分の時間観を明確に持ち得ないでいる。キリスト教的時間観は、天地創造から最後の審判まで直線的に進む。仏教は輪廻《りんね》転生の思想にみられるように円環的である。僕は、そのどちらでもないような気がする。

宇宙創世百五十億年。地球創世四十六億年。億ってゼロがいくつ並ぶんだっけ。確か八つくらい。ゼロが並ぶというのは単に数値の位が上がるということか。それともゼロとは無のことで、ゼロの羅列は無の継続性の提示なのか。つまり、時間は過ぎると無になるということか。

とすると僕は無の中の四十一ということか。僕がこれまで経てきた時間は無になってしまったのか。それとも僕自体が無ということか。社会から、いや、誰からも必要とされず排除された今の自分は確かに無なのかもしれない。

とりあえず僕は四十一年間この奇妙な惑星の上で生き続けてきた。生きる瞬間の継続は生きた瞬間の上に成立する。それはとりもなおさず生きた瞬間が僕の中に含まれるということである。瞬間の累積《るいせき》が時間である。つまり、時間は個々人の中に含まれているのだ。時間は道具ではない。潰《つぶ》すものでも喰うものでもない。僕に含まれるのだ。僕という生き方の中に、無関心が含まれ、弁解や愛想が含まれるのと同様、時間も含まれているということだ。時間は僕に占領され順応し平伏し支配され、そして含まれるためにやってくる。僕は今のところ、四十一年間を含んでいる。おりんさんや鮒吉やうさぎ温泉を含むように。それが時間の正体なのだ。時間は人に共有のものではない。個々人のものだ。いつかは無になる。そして、ゼロとして羅列される……。

出口のない無内容な思考が、脳の中を引っ掻《か》き回す。やはり僕の神経はどうやら病んでいるようだ。軽いノイローゼ状態かも知れない。余計なことは考えるな。北村を捜すんだ。

それにしても、目の前の幼稚園は随分古惚《ふるぼ》けていた。まるで廃屋のようだった。僕らの家の後に幼稚園が建ち、その幼稚園は既に古惚けてしまっている。それが現実だった。その現実はもっと酷《ひど》かった。裏の天理教の教場も、向いの正子ちゃん家《ち》も、湖月堂も、鮒吉のいた池も、北村の手掛かりも一切合切無くなっていた。三十三年が一切を無にしたのだ。無理もない。

けれど僕は諦《あきら》めなかった。何としても北村の痕跡《こんせき》を追うのだ。そのためにはるばる飛行機に乗ってやって来たのだ。僕は、三十三年前ここに住んでいた北村の行く先について何か知っていることがあればどんな些細《ささい》なことでもいいから教えてくれないか、と付近の家々に聞き込んだ。それはとても骨の折れる仕事だった。どの家の住人も、キャップを目深《まぶか》にかぶりサングラスをし東京弁で来意を告げる僕を胡散《うさん》臭そうに睨《ね》め回し、大抵は「そのまんま東」だと気付き仰天した。まるでお化けを見たように興奮し、聞き込みどころの騒ぎではなくなってしまった。辺りの民家を虱潰《しらみつぶ》しに回ったが、結局どの家からもこれといった芳《かんば》しい成果は得られなかった。

僕はここを踏ん切り、牟田町へ向かった。牟田町の「悲しみ通り」辺りなら、もしかしたら何かつかめるかも知れないと仄《ほの》かに期待した。

期待は当たった。何軒目かのラーメン屋で、純子さんを知っているという初老の男性が現れたのだ。僕は色めきたった。純子さんとは『たなか』の二階の片隅でいつもしくしく泣いていたあの純子さんだった。まだこの町に住んでいたのだ。今は牟田町も日進月歩で、区画整理され、「悲しみ通り」はもうとっくに無くなっていた。昼間通ったらここが飲み屋街だとは信じられない程清潔感のある今の牟田町は、僕の知っている牟田町とは全く異質なものだった。

男性の話によると、牟田町の奥まった雑居ビルの二階で純子さんはスナックをやっているということだった。しかし夜九時くらいにならないと開かないというので、それまで待つことにした。待つといっても時間はたっぷりある。僕はドアに「歩絵夢《ぽえむ》」と書かれた喫茶店に入り、コーヒーを注文し、表紙が半分欠けた電話帳で「北村」の欄を引いた。北村のページは、誰かがこぼした焼そばの糟《かす》でくっついていた。こんな小規模な町に、北村という姓が何と十六軒もあり、上から順に電話を掛けまくった。

「もしもし北村さんのお宅でしょうか」

「ハイ、そうですが」

「あのぉ、つかぬことをお伺い致しますが、そちらに北村英次さんていう方、いらっしゃいますでしょうか」

「はぁ？　どちら様ですか」

「東と申す者です」

「東さん。どちらの？」

「どちらのと言われましても……」

ガチャン。電話はそこで切れるケースもあったし、続く場合もあった。

「どちらにお掛けですか？　うちは確かに北村ですけど、うちにはそげんな人はおらんですよ。」

「じゃぁ、御親戚とか、知り合いとか、お友達とかに北村英次さんを御存じの方いませんでしょうか」

しばらく受話器の中は考える。

「いやぁ、おらんと思いますけどね。英次さんて、あんまり聞かん名ですもんね。で、あんた何のために英次さんを捜しておいやっとですか？」

受話器の中から疑わしげな空気が伝わってくる。それ以上ひっぱると何か面倒なことになりそうなので、僕はお礼もそこそこに慌《あわ》てて切る。

こういったことを十数回繰り返し、僕はへとへとになった。留守のところが二軒と子供が出て埒《らち》があかなかった家が一軒、結局骨折り損で、おまけに絵の具のような味のコーヒーが二杯で千二百円もした。

時計を見ると午後四時を少しまわったところである。

僕は喫茶店を出、市役所の方へ向かった。市役所の戸籍係にでも行ってみれば何かつかめるかもしれない、という漠然とした計画だった。町中《まちなか》を少し歩いてみたくもあった。十分程歩くと中央通りの一本裏路地に中島パン屋があった筈《はず》だった。しかし一九九八年十月現在、そこはコンビニエンスストアに様変わりしていた。

母がこの中島パン屋のメロンパンが好きで、よく二人でここまで買いに来たのを覚えている。店の前にあった小さな公園の噴水の横のベンチに腰掛け、むしゃむしゃと食べた。ここのは普通のメロンパンではなかった。パンの上にメロンのお菓子の小さい粒々がそぼろ状に振り掛けられていて、上手に食べないとその貴重な粒々が全部落っこちてしまうのだ。母は膝の上にハンカチを広げ、落っこちるメロンの粒々を残らず受け止め、溜《た》まったメロン粒をまとめて僕にくれるのだ。僕はそれを粉薬を飲むように天を仰いで、一気に口の中に入れる。すると、口の中のあちらこちらでメロンの味が弾《はじ》けた。

中島パン屋があった場所を過ぎると、この町には不釣り合いに大きな市役所が現れてくる。公的機関の建物の異様なでかさは必要性や機能性より権力を誇示するためにある。全くこの国の行政は致命的だ。

僕は戸籍係で北村について尋ねてみた。しかし、抑揚のない戸籍係は、戸籍謄本《とうほん》の閲覧すら認めてくれず、事情を何度説明しても「規則ですから」の一点張りで融通がきかない。この国では、人情まで致命的になってしまったのだ。

やっぱり場当たり的な素人《しろうと》調査には限界があるのか。

ものはついでに警察にも立ち寄ってみた。この時期警察に行くのはどうかと思ったが、警察署には中学からの友人がいたので頼ってみようと思った。彼は何とか過去五年間の犯罪や事件という側面から調べてみてくれたが、北村英次の名前は捜査線上には上らなかった。

僕は途方に暮れた。

北村英次が、狡猾《こうかつ》に笑いながら段々遠ざかっていくような気がした。こうなれば町中を、北村の写真を持って片っ端から一軒一軒虱潰しに聞いてみるか、さもなくばマスコミにお願いして、調査の協力と情報提供を呼び掛けてもらうか……しかし、常識的に考えて両方共限り無く不可能に近かった。人口十万といえども一軒一軒聞き込むのには膨大な時間が掛かるだろうし、マスコミが事件でもないのに取り扱ってくれる筈《はず》もなかった。せいぜい新聞の人捜しの欄を紹介してくれるくらいが関の山だろう。第一、謹慎中に田舎とはいえそんなにうろうろもできない。

どうやら夜を待って、純子さんの店に賭《か》けてみるしか手立てはなさそうだった。

いつのまにやらあたりに夜の気配が降りてきて、すこし冷んやりしてきた。この地方の地形は盆地で、内陸性気候のため昼と夜の気温差が大きく、秋は夜からやって来る。

僕は車に戻りエンジンをかけラジオを点《つ》けた。髪を逆立てたグループの少し食傷気味のヒット曲に乗せて、若い男が凄《すさ》まじい方言で何かを捲《まく》したてていた。まるで異星人が放送局を乗っ取ったようだった。方言の半分位が聞き取れない。聞き取れてもそのまた半分位が解読出来ない。個人的に望んではいないが、僕を構成する要素の中で知らぬ間に東京のパーツが増殖しているのだ。

僕は純子さんの店が開くまでの時間を利用して、実家に顔を出そうかなとも考えたが、電話でのすすり泣きを思いだしすぐさまとり止めた。母に黙って北村を捜している自分が後ろめたかったし、今の状況を考えると、そういう不透明な立場で会いたくなかったし、たとえ会ったとしても母をより悲しませるだけのような気がした。

僕は、町の中心部のビジネスホテルに部屋を取り、ベッドに転がり、地元の新聞のラ・テ欄を広げた。民放二局しかない(子供の頃は一局だった)ので、一つの局にフジTVと日テレとテレ朝が同居していた。

読みはじめて間もなく、夜の十一時「ニュースJAPAN」を目で追ったあたりから記憶がなくなり、いつのまにか深い眠りに落ちていた。

夢を見た。万華鏡《まんげきょう》の夢だった。

ふと目が覚めると枕元のデジタル時計が10：06と表示している。僕は慌《あわ》てて飛び起き、昼間連絡のつかなかった二、三軒の「北村」に電話したが、まだ連絡が取れなかった。

部屋を出て純子さんの店に向かった。

この時間になると、牟田町はさすがに夜の町の表情を顕《あら》わにしていた。ネオンもあるし、酔漢同士の小競《こぜ》り合いも、有線のノイズも、客待ちのタクシーも、屋台のラーメン屋も一通り揃《そろ》っている。

僕はメイン通りを西に折れ、二つ目の筋を北に曲がった。曲がった辺りが昔の「悲しみ通り」の入口である。角に小さな石碑が今でも残っていた。誰の石碑か何の石碑かは分からない。苔《こけ》むして目立たず野良犬も気に止めようとはしなかった。

そういえばあの時も野良犬がいた。

あれは僕が小学校の二年生に上がったばかりの時だった。あちらこちらに桜の花が咲いていた。

＊

「英次さんが、刺されたぁ！」

「大変じゃが、英次さんが刺されたが！」

どこかで男の声がした。僕はその時『たなか』の二階でおタカさんとあやとりをしていた。

「だいか。だいかぁ。救急車を呼ばんね！」女の人が叫んだ。

僕とおタカさんが現場に駆け付けた時には既に黒山の人だかりだった。この盛り場の一体どこにこれだけの人が収容されていたのだろう。娯楽の少ない田舎は火事や事件の野次馬が異常な程多い。人だかりの真中に北村が蹲《うずくま》っていた。脇腹《わきばら》あたりが鮮血で真っ赤に染まっていた。血の赤はネオンに反射し、時々紫色や山吹色に鈍く点滅した。

「あぁぁっ……うっ」

北村は言葉にならない呻《うめ》き声をあげ、苦痛に顔を歪《ゆが》ませた。一瞬、僕と目があった。

「英夫か。父ちゃんなごろつきに……やられっしもた……け死ぬかしれん……け死ぬかしれん……」

「父ちゃん」という響きが耳の奥に残った。

北村のすぐ前を黒い野良犬が小走りに横切った。直《す》ぐ横に小さな石碑があった。

「喋《しゃべ》っといかんよ。黙っちょらんね」おタカさんが父を制した。

誰の通報か、五分くらいで、救急車とパトカーがけたたましいサイレンの音を引き連れ、到着した。空気が一瞬のうちに緊張する。野次馬たちは遠巻きに、救急隊の作業を、固唾《かたず》を呑《の》んで見守った。救急車が北村を乗せて走り去った後、野次馬たちは何かひそひそと低い声で囁《ささや》き合った。それは事件が大事になって欲しいと囁き合っているようで不快だった。僕は雑音を振払うように走り出し、救急車の後を追いかけた。

北村の傷は、内臓までは達しておらず、五針縫っただけに留まり、命に別状は無かった。

手術中、僕は廊下の長椅子《ながいす》に腰掛け、付き添ってくれた何人かの見知らぬ大人達と黙って彼が出てくるのを待った。病院は水族館のように冷んやりしていて、消毒液と死の臭《にお》いがした。手術が終ると、僕らは病室に呼ばれた。

彼が運ばれた病室には、直ちに刑事が二人やって来て、根掘り葉掘り事情を聞いた。商売がら、恨みを買うようなことはなかったかとか、犯人に見覚えはなかったかとか。

北村はどれもこれも否定したが、警察はどうやら彼に恨みを持つ人間の犯行という線で、捜査を進めたがっているようだった。たとえ事実がそうでなくてもそう決めつけているように僕には思えた。刑事が何度も何度も底意地の悪い尋問を繰り返すので、最後、北村は刑事より怖い目つきになった。

母が病院に駆けつけたのは夜の十二時を過ぎてからである。その時、北村は眠っていた。僕はベッドの横の簡易ベッドの上に腰掛け、刺されるのはどれくらい痛いのだろうと考えていた。僕は今まで経験した痛さのベスト三をあげてみた。

三位、向こう脛《ずね》を思いっきり階段の角に打ちつけたとき。

二位、疱瘡《ほうそう》の注射の針がなかなか刺さらず何回も刺し直されたとき。

一位、爪《つめ》の中を蜂《はち》に刺されたとき。

母は病室に入り、北村をぐるりと眺め回してから、ゆっくり僕に、

「帰ろう」

と言った。

「どうせ父ちゃんは朝まで寝とろうが、栄子ちゃんが一人で家におって心配やから、早く帰ろう」

母が北村のことを「父ちゃん」と表現したのを、その時、初めて聞いた。母はどういう訳かとても焦《あせ》っているようだった。母が僕に「帰ろう」と言った理由は姉のことだけではないような気がしてならなかった。

その次に僕らが病院にお見舞いに行ったのは、三日目の夜だった。何故《なぜ》毎日行かないのかと母に聞くと、

「順番があるけんね」と言った。

順番、と言われてすぐ浮かんだのは、予防接種で並んでいる自分の姿だった。

病室の寒々しいドアを開けて驚いた。誰もいないと思っていたのに中に人がいた。それも女だった。鼈甲《べっこう》の笄《こうがい》で髪を引っ詰めていた。部屋は小綺麗《こぎれい》に片付けられ、女の匂《にお》いが空気に染《し》み付いていた。

リンゴを剝《む》く手を止め、こちらをゆっくり振り向いた女は、母と同じか少し若いく

らいで唇が薄く、自分に自信がなさそうに見えた。もっと驚いたのは、母がいつか父に贈られたのと同じ着物を着ていた。大きな扇子の柄も色も生地も全く同じで、違うのは帯と着ている人くらいであった。母はいつもの下女の格好だった。僕は女に「返せ」と心の中で叫んだ。女は少し青ざめ、薄気味悪い笑みを浮かべている。目の辺りがどことなく母に似ているなと思った。

母は北村を見た。北村は軽い寝息をわざと立てている。空気がピンと張りつめ、息が詰まった。母は北村から目線をぴくりとも外さず、彼に聞こえるように、僕に言った。

「英夫。部屋をまちごうたみたいやね」

＊

こうやって過去を穿《ほじく》り返していると、更に自分がゼロになっていくような気がする。これまで三十三年間僕は過去の陰うつな影を捨て去ろうと努力してきて、今、逆にそれと相対するために努力している。全くおかしなものだ。一体何をやっているのか。その行為は紛れもなくこの三十三年間を放棄するものではないのか。そんな疑問が僕を苛《さいな》む。いや、そうじゃない。そうじゃないんだ。僕はそれらを打ち消すようにブルブルと頭を振る。

北村英次が呼んでいるのだ。そして僕もそれを望んでいる。これから先の僕はそこから始まるのだ。とにかく奴《やつ》に会うのだ。奴に会わなければこれからの自分はあり得ない。カタをつけろ。不完全燃焼のまま死ぬことになるぞ。

そう信じて「スナック純子」のドアを押し開けた。

純子さんがいた。

純子さんだけしかいなかった。確かに純子さんだった。あの頃の純子さんを特殊メイクで三十三年分老《ふ》けさせたような純子さんだった。店はカウンターにボックス席が二つ、赤を基調としたロココ調のインテリアも、太い止まり木も、ミラーボールも、壁のモディリアーニも、純子さん自身も、全《すべ》てが時代遅れのような気がした。

純子さんは僕を認めるなり、頭のヒューズが飛んだみたいな奇声を発した。それからたっぷり一時間、昔話をノンストップで喋り続けた。それはまるで決壊した鉄砲水のようで、相槌《あいづち》を打つ僕の「うん、うん」が間に合わなくなるくらいのスピードだった。いつからこんなによく喋るようになったのだろう。昔、部屋の片隅でいつも泣いていたあの純子さんの面影はどこにもなかった。町が変わり、人が変わり、性格も変わった。女は閉経してから生物としての種類が変わるという説はあながち間違った理屈ではないと思った。

しばらくたってようやく落ち着いた純子さんに、北村についてそれとなく尋ねてみた。純子さんの顔色がにわかに変化した。北村の話になると急に歯切れが悪くなり、曖昧《あいまい》に話をはぐらかしたが、北村をよく知る、井上重夫という人物の居場所を教えてくれた。井上重夫は当時北村が可愛《かわい》がっていた若い衆のうちの一人だそうで、「顔を見れば英夫君も思い出するっとじゃなかね」と付け加えた。

井上重夫は兵庫県尼崎市に住んでいた。

翌日、住所と名前で運良く電話番号が分かり、電話は一回で繋《つな》がった。しかも驚いたことに電話口に出たのは本人であった。べとついた声だった。とても昼間の声では無い。どうやら酒を飲んでいるようである。僕は本名を名乗り、北村を捜している旨《むね》をかい摘《つま》んで説明した。幸運にも相手は僕だとは気付いてないみたいだった。説明が終わると、黙って聞いていた井上はやっと口を開いた。

「そいで、なんぼくれんねん」

ごくりと喉《のど》を鳴らす音がした。酒を流し込んだみたいだった。

「………」

僕は意味が解《わか》らず言葉に詰まった。

「北村のこと喋ったら、なんぼくれんねんちゅうとんねん」

彼は微《かす》かに語気を荒げた。声が音割れした。語気を荒げるのに慣れている感じがした。受話器から酒の臭いが漏れてきそうだった。

「いかほどくらいが相場なんでしょうか」

僕は自分でもとんちんかんな質問だと思った。

「そうやなぁ、一本ちゅうところやろうな」

「一本?」

「そうや」

「一本というと」

「決まっとるがな、一万やがな」

井上はまた酒を流しこむ。どうやら受話器の向こうで誰かと揉《も》めているようだった。

「わかりました。どうやってお支払いすれば……」

「これから口座番号いうさかい。そこに二、三日以内に振り込んでくれ」

と言って、彼は地元の信用金庫のやたら長い番号を、各音節ずつスタッカートをつけて僕の耳にがなった。耳に押し込まれたランダムな数字は、僕の中に音叉《おんさ》のようにいつまでも響き渡った。その後、彼は億劫《おっくう》そうに北村の消息を教えてくれた。ところが彼の情報は何と昭和四十五年当時のことまでだった。その後はどこにいるか分からないと言う。昭和四十五年といえば今から二十八年前である。やれやれ。彼はその頃までは北村に世話になっていたが、その後独立して大阪に移り住んだのだと言う。この町を出た理由は言わなかったが、聞くまでもないような気がした。

井上の話によると、昭和四十五（一九七〇）年当時、北村は都城の家を引き払い、市から車で二十分くらい離れた三崎町というところに移り住んだということだった。そこが本妻の家かどうかは彼の知るところではなかった。主な情報はそれだけで、その他の北村に関する情報はどれもこれも大したことがないうえ、時々話の途中でつく悪態は、僕をひどくうんざりさせた。彼は最後に、「生きてればもう歳《とし》やさかい。死んどるかも知れへん」と素っ気無く言った。

人捜しというのはその人の生きた軌跡を辿《たど》ると同時に、踏み付けて行くような作業で何とも後味の悪いものである。僕は刑事にはとてもなれそうもないなと苦笑いしながら、電話を切った。辺りには、井上が電話の切り際《ぎわ》に吐いた「約束は、約束やで、分かっとるやろな」という狡猾《こうかつ》な胴間声がいつまでもいつまでも残っていた。

その日の午後、最後の期待と不安を胸に僕は、三崎町役場、警察署、公民館、集会所、学校、寺、ありとあらゆる場所を野良犬のように聞き込んだ。いわゆるローラー作戦である。ローラー作戦は功を奏した。

北村のことが分かったのだ。

やっとこぎつけた。

その時、何故だか分からないが、北村が母を抱いているシーンを思い出した。

＊

奴は時々何の予兆もなく、気が触れたように母を組み伏した。たいていは夜であったが、たまに誰もいない午後という時もあった。

「ぼぼ、すっど〜〜。ぼぼ、すっど〜〜〜」ぼぼとは方言で、セックスのことを意味する。北村はブチハイエナのようにそう吠えながら、母に挑んだ。母の上で白く醜い肉体を、巨大な芋虫のように蠕動《ぜんどう》させ、「おぉぉぉ」と汚い声を上げた。母は芋虫の下で、物憂《ものう》い視線を天井に向けたままだった。母の乾いた唇から漏れるやるせない喘《あえ》ぎ声は、時々嗚咽《おえつ》のように聴こえた。母は泣いているのか？　そんなことなどおかまいなしに芋虫は動き続けた。奴の尻《しり》に挟まった、捩《ねじ》れて解《ほど》けた褌《へこ》の先が、まるで生きてるように母の白い太股《ふともも》に絡《から》み付いた。母の豊満な乳房には、枕許《まくらもと》の電球色の光が花粉のようにくっつき、別の生き物のようにしなやかに動いた。北村は時々思い立ったように母の耳朶《みみたぶ》を摑《つか》み、乾いた唇で下品に吸った。瞬間、僕は身体が日射病のように熱くなった。「あれはおいの耳朶や。おいだけの耳朶や。触んな。汚らわしい。おまいなんか死んでしまえ」心臓の鼓動が僕の背より大きくなった。残尿感を感じ、また便所へ引き返した。けれど小便は一滴も出なかった。

便所から自分の部屋へ戻る時、また母達の部屋の少し開いた襖《ふすま》からチラッと中を見た。彼等の行為はとっくに終わり、蚊帳《かや》の中から、時折「クックッ」と押し殺した笑い声が聞こえてきた。大人の汗の臭いがした。僕は何故だか泣きたくなって、部屋に閉《と》じ籠《こも》り隠れん坊のように布団《ふとん》に丸まった。強い鬼がほんの傍まで近づいて来ているようで背中が震えた。心の中でもう一度「死んでしまえ」と叫んだ。

＊

北村英次は死んでいた。

心のどこかで予想はしていた。

北村が死んだことを知っても身体《からだ》が一瞬じんとしただけで、別段これといって特別な感情は湧《わ》いてこなかった。

三崎町の、倒れそうな雑貨屋の老婆《ろうば》に、

「英次さんな、ずいぶん前に死んみゃったですがね」

と告げられた時、僕は「あ、そうですか」とだけ言った。他に適切な返事は思い浮かばなかった。不思議に驚きも悲しみもなかった。それが心に忠実なリアクションだった。というのも大方彼の死は予想できていたし、僕にとって最早《もはや》生きているか死んでいるかということはそれほど大きな問題では無かった。彼の足跡を辿り、彼の生きた痕跡《こんせき》に触れ、僕の中で彼をより精密に再生させるという作業の方がむしろ重要だった。全てはそこから始まると考えていた。

北村の姿をもっともっと鮮明にするために、僕は尚《なお》も彼の思い出を弄《まさぐ》った。

*

北村は興行関係にも仕事の触手を伸ばしており、呼び屋として町にサーカスを招いたりした。その際、必ずその関係者や演者達を家に泊めていた。どうせ乱酒が目的なのである。

彼らはサーカスが開催されている十日余り、家の二階の一番広い畳の部屋に重なるように雑魚寝《ざこね》していた。一日目や二日目はまだましだが三日目ともなると、彼らの部屋はゴミ捨て場のように汚くなった。毎夜、泣いたり喚《わめ》いたり走り回ったり、まるで子供の修学旅行さながらの喧噪《けんそう》だった。そこには少なくとも節度のある大人は一人もいなかった。

サーカスの人達が投宿している間、母は僕らを自分の部屋に寝かせた。

それにしても、毎夜のドンチャン騒ぎには辟易《へきえき》させられた。耳を聾《ろう》せんばかりの騒音も勿論《もちろん》だが、天井が軋《きし》み大きな埃《ほこり》が落ちてきたりして、僕と姉と母を極限まで寝不足にした。

母は毎夜、強く舌打ちをし天井を睨《にら》みつけた。

ある時中を覗《のぞ》くと、サーカスの中で一番綺麗な空中ブランコ乗りの女の人の足首を縄で縛り、猛獣使いとピエロが股裂き状態に両方から引っ張り合ってケラケラと笑っていた。引っ張られた女は驚いた事に手を叩《たた》いて喜んでいる。何が可笑《おか》しいのか皆腹が捩《よじ》れるほど笑っていた。大人の世界というのは訳が分からなかった。

喧噪が一段落すると今度はどこからともなく喘ぎ声が聞こえてくるのだった。僕は一度それに偶然出くわした事がある。大人達の隠れた行為はどれも同じくらい醜いものだった。

彼らは僕を見つけると、必ず「坊ちゃん、こっち来んさい」と僕を招き入れ、ラムネとか麩《ふ》菓子をくれた。ラムネのビー玉を「エイッ」と押し開けると、物凄《ものすご》い勢いで泡が噴き出し、肝心の中身は半分くらいになってしまった。麩菓子はハッカの味がして口の中で蛞蝓《なめくじ》のようにとろけ、食べかすがいつまでも歯の間に挟まって気持ち悪かった。

又、彼らは僕に実に様々な話を聞かせてくれた。目にも止まらない早さで走る汽車の話や、何百人も人を乗せて空を飛べる怪物のような飛行機の話や、この地方では放送されてない見たこともない漫画の話やら。それはどれもこれも余所《よそ》の国のお伽話《とぎばなし》みたいでいつも僕を夢中にさせた。

サーカスがテントを張るのは、たいてい近くの神柱公園の広場だった。そこは僕の家から子供の足で五分くらいの距離である。白と赤と青の縞々《しましま》の巨大なテントは宇宙基地を連想させた。テントの中には、頑丈なパイプで雑に組み立てられた客席や、空中ブランコ用のネット、僕が五十人は入れそうな大きな網目の地球儀など、夢の数々が所狭しと犇《ひし》めき合っていた。

僕と姉は、寝不足の代償としてサーカスに自由に出入りすることを許されており、サーカス小屋の隅々までくまなく探検できる特権を与えられていた。サーカスのメインテントの裏手には小さなテントが幾つも立ち並んでいた。各テントには動物や人や物が窮屈に暮らしていた。動物は実にいろんなのがいた。象、猿、虎《とら》、熊《くま》、犬、キジ、ハト、ウサギ。

夏のサーカス小屋はとにかく臭い。動物の体臭と垂れ流された汚物と古ぼけたテントの独特な臭《にお》いで僕は何度も立ち眩《くら》みがした。

象の「ザボン」は僕を見つけると決まって悲しい声で鳴いた。彼は僕に「どこか安らげるところに連れて行ってくれないか」と訴えかけているようだった。しかしその頃の僕には、彼をどうすることもできなかった。だいたい、ザボンはでか過ぎた。僕の二百倍はありそうな巨体をどうやって逃がしてやれるだろうか。また運良く逃がしたとしても一体どこに隠せばいいものやら……鮒吉《ふなきち》のようには行くまい。こんな時魔法が使えたらなぁ……僕は自分の非力さを憂《うれ》えて陰で泣いた。

夏が終わらないうちにサーカスはどこかへ行ってしまった。行ってしまった後も、僕は、ザボンを救出する計画を綿密に練っていた。そしてやっと名案が浮かび、今度は絶対彼を救えるだろうと自信がついた一年後、サーカスにザボンの姿は無かった。ザボンの代わりにいくらか若い象がいた。もしかしたら彼はザボンの居場所を知っているのではないかと思い、話し掛けてみたが、シャワーのような鼻水を吹き掛けられただけだった。

夜のサーカスショーは圧倒的な美しさだ。色とりどりにピエロが舞い、華やかに動物が踊り、破裂するような爆音でオートバイが巨大地球儀の中を旋回した。全《すべ》てが、文字通りイリュージョンだった。

花形の空中ブランコでは、お馴《な》染《じ》み『天然の美』にのせて数々の離れ業が披露される。例の女の人が目隠しをして登場すると、音楽が一瞬止まり、ドラムロールに変わる。女の人がブランコに揺られ、空中で一回転してもう一方のブランコに見事飛び移ると、場内から割れんばかりの拍手喝采《かっさい》が上がった。女の人はとても晴れ晴れしく、とても僕の家の二階で股裂《またざ》きされて喜んでいる女性だとは思えなかった。

身長が僕くらいしかないオサムさんは子供ではなかった。れっきとした大人である。彼がぴょこぴょことユーモラスに舞台に登場するとそれだけで会場が沸いた。オサムさんが大人用の一輪車に乗ったり、玉乗りや輪投げの曲芸をさらりと鮮やかにやってのけるのを見ていると、とても不思議な気持ちになった。そんな時、ひょっとしてオサムさんは宇宙人なのではないかと思ったりした。時々客を笑わせるためにわざと大《おお》袈裟《げさ》に失敗したりするのだが、客がそれに気付かないで笑うと、オサムさんは大層満足げだった。一つ一つの芸が終わると、会場の方々に剽軽《ひようきん》な挨拶《あいさつ》をふりまき客をドッと沸かせていた。

近所の子供達はオサムさんのことを気味悪がったが、僕はオサムさんが大好きだった。確かに身体つきはちょっとへんてこりんだったが、オサムさんは僕に「妾《めかけ》の子」等と一度たりとも言ったことは無かった。それどころか、とても親切だった。しかし、他の子にはこのことは言えなかった。オサムさんと仲良くしていると何故《なぜ》か近所の子らに苛《いじ》められた。

僕はオサムさん専用のちっちゃなテントに何度も泊まったことがある。オサムさんの食事は大概自炊だった。小さな鍋《なべ》でカレーを作るのがとても上手で、料理の時のオサムさんの一連の動きには無駄がなかった。ジャガ芋を剝《む》き、玉葱《たまねぎ》を刻んで無印の粉末のカレールーを入れ、それを何とアベックラーメンにかけて食べるのだが、それが妙に美味《おい》しかった。オサムさんは泳ぎもとても上手で、近くの川で平泳ぎを教わった。

オサムさんは言った。

「人は笑いたいんよ。生きていると、悲しいことばっかりやからね……辛《つら》いことばっかりやからね……みんな笑いたいんよ。じゃけん、俺は人を笑わせてあげたいんよ。じゃけん、人が笑ってくれるんやったら、こげんな身体でもひとつも悲しいことなかよ……」

僕らはよく焚《た》き火《び》をした。ゆらめく炎を見ていると落ち着くんやとオサムさんは言った。オサムさんは大人のギターを抱え、聴いたことのない優しい曲を爪弾《つまび》いてくれた。オサムさんの紅葉《もみじ》のような指から奏でられる美しいメロディは、時折、打ち寄せるさざなみのような不思議な響きに変わり、僕を通り抜け、テントを通り抜け、遠い夜空まで届き、星達もうっとりと聴きいっているようだった。

曲が終わるとオサムさんはいつも同じことを僕に訊《き》いた。

「英夫君は、大きくなったら、何になりたいんや？」

「オサムさんのように、人を笑わせられる人になりたか……」

と僕が言うと、とても嬉《うれ》しそうに微笑《ほほえ》んだ。


あれは昭和五十二年、僕が大学二年の秋だった。

友達に誘われ、何の気なしに、寄席《よせ》に出かけた。その頃、全盛期だったセント・ルイスの漫才を見るのが目的だった。お目当てのセント・ルイスの前に、何組かの前座が出演した。その中に、ツー・ビートという奇妙な漫才コンビがいた。

そのコンビを見た時、一瞬僕は言葉を無くした。

そのコンビの片割れが、オサムさんに驚くほど似ていたからだった。特に、蟹股《がにまた》でぴょこぴょこ歩く歩き方や、こくっこくっと捻《ひね》る首筋の動きがそっくりだった。

彼らのネタは辛辣《しんらつ》で卑猥《ひわい》だった。どれもこれも社会的弱者を徹底的に弄《いじ》るネタだったが、そこにはとても豊富な知性が感じられた。

「しかし、ブスが街を歩いていると嫌だね。ブスは特別にブス税をとったほうがいいね。喫煙コーナーのようにブスコーナーをもうけて隔離したほうがいいね。標語にこんなのありますね。ひどいブス、たかった蠅《はえ》が即死する。整形し、やっとなれた並のブス。哀れブス、大人のおもちゃに処女捧げ……」

どういう訳か何の悪意や嫌悪《けんお》感《かん》も感じられなかった。それどころか、社会的弱者に対する深い思いやりや愛さえ感じ取れた。口では、ありったけの罵詈《ばり》雑言を吐き、悪態をついているのだが、傷ついているのは誰あろう当の本人であるような気がした。

「しかし、年寄りは口うるさいし汚いし邪魔ですな。死んでくれといつも拝んでいるんですが。標語にこんなのありますね。寝る前に、ちゃんと絞めよう親の首。暗い道、ばあさん捨てるいいチャンス。爺《じい》さんの、頭でもみ消す煙草《たばこ》の火……」

どのネタも、エスプリと風刺が利いていて心の底から笑えた。彼らのネタで笑っても、ちっとも後ろめたくは無かった。それは後に、演者の、人としての優しさに裏打ちされた毒舌だったからだと気付いた。

「相棒は山形でね。田舎なんですよ。行くのに上野から電車に乗って五時間。そこからバスで二時間。それから船で一時間。籠《かご》で二時間。槍《やり》持って走って一時間。鷲《わし》に乗って二時間……山形の標識にはいまだにこう書いてありますからね……お出かけは、吹き矢を持って槍もって。気をつけよう、人食い人種と毒矢針。幸せは、娘を売って血を売って……」

その人は毒舌が毒舌に聞こえない希有の人だった。口では差別めいたことを言っているが、心の中では何人をも差別していなかった。オサムさんのことも僕のことも……僕は強烈に引かれていった。

まさしく天賦《てんぷ》の才能だった。こんな人が現実にいることに驚愕《きょうがく》した。

漫才を聞きながら、僕は漫才師の姿にオサムさんを重ね合わせていた。純粋な眼差し、暖かそうな人柄もオサムさんを彷彿《ほうふつ》させた。

その時、僕はいつかのオサムさんとの約束を思い出していた。そして、僕はもうオサムさんはこの世にはいないだろうな、と漠然と考えていた。それは当時、オサムさんが口癖のようにこう言っていたからである。

「わしんらのような身体は、あんまり長生きできんとよ……」

「…………」

漫才が終わった時、僕は、この人と一緒に生きていきたいと思った。

それから二年、大学を卒業するのを待って、僕は今の僕の師匠、ビートたけしの門を叩《たた》いた。

僕が芸人の道を選んだのも結局は北村の生き方がどこかで影響しているのかも知れ

なかった。

「ザボン」のいないサーカスが町を去った頃、家が火事になった。放火されたのだった。近所の人々は口々に「北村に恨みを持つ者の犯行だ」と囁《ささや》きあった。実際、ここのところ家に向かって夜中、何者かに「手形を返せ」とか「パクリ屋」とか野次られることがちょくちょくあった。北村はその度に「ほっちょけ」と取り合おうとはしなかった。そのうちに、石や鼠《ねずみ》の死骸《しがい》を投げ込まれたりもした。母はうす気味悪がったし、潔癖症の姉は時々貧血をおこして昏倒《こんとう》した。

堪《たま》らなくなって僕が北村に問い質《ただ》すと、

「逆恨みや」と一蹴《いっしゅう》した。

「さかうらみってなに？」と聞くと、

「子供には、分からん」と言って背を向け、新聞を乱暴に広げた。

そんなぶっきら棒な北村の様子を見ていると、もしかしたら近所の人の噂《うわさ》は正しいのではないかと思ったりした。警察も何回か調べに来たが結局何も判《わか》らなかった。

放火された時、家には誰も居なかった。僕と母は正子ちゃん家《ち》にいて、北村と姉はどこかへ出掛けていた。

出火したのは夕方だった。正子ちゃんが「今日は特別夕陽がきれいや」というので表に出てみたら、我家が燃えていた。あまりに唐突で思いもよらないことだったので、直《す》ぐには、炎が夕焼けなのか本当の炎なのか判別出来なかったくらいだった。数秒かかり、火事だと判った後では、最早《もはや》どうする手立ても見つからず、ただ呆然《ぼうぜん》と立ち竦《すく》むだけだった。正子ちゃんは上気して「火事だ！　火事だ！」とまるでお祭りのように騒いでいた。各家庭に未だ電話がない時代だったので、正子ちゃん家のおじさんは、近くの火の見櫓《やぐら》の方に駆け出して行った。間もなく半鐘の音がした。

母は、家が全て見渡せる位置に、まるで戦国武将のように立ち、薄ら笑いを浮かべていた。信じられなかった。あまりのショックできっと気が触れたのだと僕は思った。しかしそうではなかった。彼女の目は正気だった。彼女は炎をまるで味方を見るような目で見据えていた。見据えながら、母は僕の手を強く握った。白くガラス細工のような指だった。

「うちが燃えちょっとよ。母ちゃん！」

炎は真っ赤に、まるで「山之尾」の渦のように猛狂《たけりくる》い、静かで平和な町をまさに今飲み込もうとしていた。家を焼き尽くそうとする炎がこんなにも雄々しく華やかなものだとは知らなかった。太陽の比ではない。火は火そのものの臭いがし、火そのものの主張を持っていた。

炎は今にも支柱をなぎ倒さんとしているのに、母は、尚《なお》も微動だにしなかった。

僕が思わず「母ちゃん」と叫ぶと、

「静かにしちょれ。バタバタしてんしょんなか。燃えたかば、燃やしちょれ！」

彼女はこの家の一体何を燃やしたかったのか。柱か、天井か、思い出か、恨みか、北村か……。

結局、家は半焼に終わった。

母は半分だけ無惨《むざん》に残った焼跡に立って、科白《せりふ》のように呟《つぶや》いた。

「殺生《せっしょう》やね……」

確かに中途半端《はんぱ》だった。半分だけの爆弾が落ちたようだった。

「そうやね。どうせなら、全部燃えっしまえばよかったのにね」

僕は彼女の気持ちを気遣い、そう言った。

「違うとよ、英夫。そげん意味で言うたんやなか」

「じゃぁ、どういう意味？」僕はそう言いかけた言葉を飲み込んだ。

母の頰を涙が伝っていたからだった。

僕は母が言った「殺生やね」の意味も、彼女の涙の意味も全く解《わか》らなかった。

焼けたのは一階の応接間と台所とリビング、二階の床の間付きと姉の部屋の一部だったが、消防車がかけた大量の水のおかげで畳も布団《ふとん》も障子もぐしょぬれで、殆《ほと》ど使いものにならない状態だった。

「これじゃぁ、火事にあったのか洪水にあったのか分かりゃしない」

姉が妙なイントネーションの標準語で感想を漏らした。

その後、結局我家は全面的に建て替えることを余儀なくされ、新しい家が建つまでの約一ヶ月、僕らは路頭に迷うはめになった。その間仮住まいはどうしようかと思案していると北村が突拍子もないことを言い出した。

「テント生活しようや」

「何を言い出すっとね。わけんわからん」母が呆《あき》れた。

夏だとはいえテントで一ヶ月以上もどうやって暮らせるというのか。キャンプだってせいぜい一週間だ。

しかし、彼はそんな時他人の言うことに冷静に耳を傾けるほど常識人ではなかった。

そんな時というのは彼にとって絶対的なアイデアが生まれた時のことである。

彼はまず小学校に行き、運動会や各行事で使う大きなテントを二つ借りてきて、庭の平らなところに半日かけてそれらを組み立てた。

しかし、学校側も夏休みとはいえよく貸してくれたものだった。実際、彼がどんなことを言って説得したのか分からなかったが、こういう場合彼は悪魔のように口が上手《うま》い。

テントは屋根しかなかったので、横の壁の部分を蚊帳《かや》やビニールで張り、どうにかこうにか家として成立させた。電気は元家から引き、ガスはプロパンガスなので問題は無かった。水道は今まで使っていたものをそのまま使用できたが、北村は何を思ったか、裏庭のここ何年も使ってない深井戸を、知り合いの職人さんに頼んで使えるようにしてもらった。最初のうちは土色に濁っていた水も、何回か汲《く》み出すうちに透明な地下水に変わった。ここら辺りの地下水は霧島連山の裂罅《れっか》水《すい》というやつで、氷水のように冷たく、岩清水のように澄み、実に美味《おい》しかった。真夏日、僕と姉はよくそれを柄杓《ひしゃく》で頭から掛け合い涼を得た。井戸水を汲みあげる鉄製のポンプの長い切先につけられた白い布が、水を吐き出す度にぷくっと膨れ、触るととても柔らかく母の耳朶を想起させた。

初めこそ鼻白んでいたが、テントでの暮らしは慣れてくるとまんざらでも無かった。

毎日が大掛かりな飯事《ままごと》気分だった。御飯は外で北村特製の竈《かまど》に薪を焼《く》べ、歯釜《はがま》で炊《た》いた。火吹き竹で竈口から風を送り込むのが僕の仕事で、湿気のある薪は真っ黒い煙りを吐き、目に沁《し》みた。竹を焼《く》べると、時たま、「パーン」という強烈な音と共に爆発する。幾度となく爆発を経験しても慣れず、僕は毎回毎回ビクビクした。竹は火が点《つ》くと、気持ち悪い汁を出した。それは丁度、口から発せられた怪獣の光線を浴び、溶けて行く人間のようだった。

たまには飯盒炊爨《はんごうすいさん》したりした。石の上に座って串刺しにした魚に齧《かじ》りつくと、鮒吉《ふなきち》を思い出した。

焼酎《しょうちゅう》を飲んで陽気になった北村はステテコをたくし上げ、薪の先に火を点け手に掲げ、「聖火ランナー」と絶叫しながら、庭を剽軽《ひょうきん》に走り回り僕らを笑わせた。今の僕にそっくりだった。いや僕がそっくりなのだ。母が笑い、姉が笑い、母と姉を見て僕も笑った。母が心から笑うのを見たのはとても久し振りのような気がした。

近くで夜の蟬《せみ》が鳴いた。夜の蟬の鳴き声を聴くのは初めてだった。空を見上げると星座の本のように星が輝き、時々流れ星などが見えたりした。

流れ星が見えると、姉が慌《あわ》てて、

「英夫君。何かお願いごとをしやん。かなうっとよ」

と囁《ささや》くので、急いで手を合わせ、心の中でザボンとオサムさんに会わせて下さいと祈った。

生活の中で最も困ったのがトイレである。初め、テントの中に穴を掘り用を足していたのだが、同じテント内で通常の生活もする為、蓋《ふた》をしても悪臭が凄《すさ》まじく信じられないくらい多くの銀蠅《ぎんばえ》が集った。特に北村の小便と大便は鼻が曲がるくらい臭く、化学兵器にも使えそうだった。

テントのトイレは三日ともたず、鮒吉が住んでいた池をトイレ代わりにしようと、北村は提案したが、僕は死んでも嫌だった。だってあの池は言わば教会のようなものである。僕にとって聖域なのだ。人の糞尿《ふんにょう》（特に北村の）などで汚す訳には絶対にいかなかった。

結局、テントから一番遠い庭の端の道路に面した垣根の脇《わき》に大きな穴を掘り、その中に大甕《おおがめ》を埋め用を足すことになった。そこは日陰で涼しく風通しも良かったので、トラがいつも避暑地にしている場所であったが、背に尻は換えられないということで、この際トラには泣いてもらうことになった。

垣根のすぐ向こうは道路だった。当然人通りもあるので、人目にできるだけ触れないよう、早朝か深夜に用を足さなければならなかった。

大甕の便所ができて一週間くらい経《た》ったある日、僕が早朝いつものようにそこでしているとと、すぐ目の前のこんもりとした藪《やぶ》がガサゴソと動いた。トラかなと思ったが違った。人間だった。それも同じクラスで副委員長をしている福島さんだった。僕はその頃学級委員長をしていたので福島さんのことはよく知っていた。福島さんは四ん這《ば》いで垣根を潜《くぐ》りそのまま僕の目の前に現れた。脇には二つ折りにした新聞紙の束を抱えている。彼女は僕を発見した瞬間、家人に見つかった泥棒のように驚いた。僕も泥棒を見つけた家人のように驚いた。無理もない。まだ陽も昇らない早朝五時の焼跡にお互い思いもよらぬ人物がいたのだった。片や委員長、片や副委員長。しかも委員長はしゃがんで野グソをしているのだ。

見られた僕も、まさか福島さんにこんなあられもない姿を見られるとは夢にも思わなかったし、彼女は彼女で頭の周りに？マークが幾つも浮かんでいるのが手に取るように分かった。僕の痴態もそうだったが、何よりも「北村」と書かれた表札の家にどうして、「山之内」である僕が住んでいるのかが一番不思議だったのではあるまいか。

「福島さん。何しよっと」

「山之内君こそ。何しよっと」

お互い返事に困った。どこから説明していいか皆目見当もつかなかった。加えて、どう弁解すればいいか言葉がみつからなかった。

この状況をどう取り繕えば良いのか彼女も相当戸惑ったのだろう。少しの沈黙の後、彼女は持っていた新聞をおもむろに僕に差し出した。僕もごく自然に受け取った。

「ありがとう」僕はとりあえず小さな声で礼を言った。

次の瞬間、彼女はいつもの屈託のない表情に戻った。しかし、その新聞が「読め」という意味だったのか、「拭《ふ》け」という意味だったのかは今もって謎《なぞ》である。

あとで聞いた話であるが、福島さんは夏休みを利用して、家計を助ける為に新聞配達のアルバイトをしていて、僕の家の敷地を横ぎると近道になるらしかった。後日、僕らが交わしたこの事件に関する会話はそれだけで、二学期が始まってもお互いが抱えている事情には一言も触れなかった。それは僕と彼女の間の不文律として、またお互い他言せず永遠に封印されるべき秘密として、暗黙のうちに了解し合った結果であった。

新しい家が建ち、テント生活も終わろうとする頃から急に北村と母の喧嘩《けんか》の回数が増えたように記憶している。回数だけではなく質も変わった。お互いを致命的な言葉で罵《のの》り合い、母は泣き崩れ北村はプイと出て行ってしまうこともざらだった。北村の病室にいたあの女が原因なのではないだろうか。気が滅入《めい》った。

「あんたはいったい、女が何人おらんと、生きていけんとね。このスケベどんたが」

どんた、とは馬鹿《ばか》という意味である。

「なんち？」

「女ならここにおるがね。うちでは駄目ね」

父が一回ひるんだ。

「こん、妾《めかけ》が！」

「…………」

遠くで電気鋸《のこぎり》の音がした。

「妾が、俺《おい》のすいこち、いちいちぎを言うな」

「どうせうちは妾やけん。陽のあたるとこには行けんとよ。見舞いも満足に行けんけん。そんなこつはうちが一番わかっちょる。行けんけんど、そいで良かち思うてあんたに惚《ほ》れちょったとよ」

母は過去形で表現した。

「黙っちょれ。銭《ぜん》はたんとやっちょろうが」

「銭。銭。銭ち。二言目には銭。そげん銭が大切か。あんたの銭で何人け死んだ。何

うて、申し訳のうて、申し訳の
人が山之尾ん吊《つ》り橋から飛び降りたんか。こん人で無しが」
「黙っちょらんか。ぎを言うな。そん銭で、おまんら喰うちょろうが」
「ああ、きたねえ銭やけん。人が死んでもろうた銭やけん。申し訳のうて、申し訳のうて、よう使えんけん」

その頃、二年生の二学期が始まり、僕は八歳になった。今の僕の息子と同じ歳《とし》である。八歳になった感想は覚えていない。誕生日会のことも全く記憶していない。そんなもんはしなかったように思う。

僕はどうやって八歳になったのだろう？　少し濃い空気の層に入るように。それとも一歳古くなった見えない殻を一枚そおっと脱ぎ捨てるように。少し身長が伸び少し肩幅が拡《ひろ》がり少し生意気になる。病気に感染するように。

北村と母の激しい喧嘩を聞いていると、僕はオサムさんに無性に会いたくなった。オサムさんのカレーラーメンを食べてオサムさんのギターを聞いてオサムさんの横で安らかに眠りたかった。

喧嘩は日に日に激しさを増し、時々階下で食器が割れる音や、北村が母を殴る音がした。隣のおじさんやおばさんが駆け付けてきて仲に入ったりする事もあったが焼け石に水だった。

姉はいつも恐怖に震え、僕に「英夫君。あんた男の子やろ。なんとかしてよ」と喚《わめ》いた。僕としても取り返しのつかないことになる前に、どうにかしなければと考えてはいたが、大人の喧嘩に太刀打ちできる程僕は大きくも強くもない。第一大人の喧嘩は口が早いし、複雑な事を言い争うのでどちらが良いのか悪いのかとても判断できるものではなかった。僕は二学期も学級委員長で、これまでもクラスメイトの喧嘩の仲裁に何回か入った事はあったが、クラスメイトのそれと大人のとではスケールが違うし、大人と子供では経験と才覚と力量が違い過ぎるので、悔しいがどうすることもできなかった。

僕は自分の無力さが堪《たま》らなく嫌になり時々布団《ふとん》の中でこっそり泣いた。遠くでひぐらしも啼《な》いていた。

姉はそんな僕の腑甲斐無《ふがいな》さにとてもがっかりした様子だった。彼女は「男のくせに」を連発し、僕の男としての、そして学級委員長としての正義感と勇気に火を点けようとしたが僕は所詮《しょせん》湿った薪だった。

時はかろうじて前へ進み、全《すべ》てがネチネチとただ崩壊の方へ向かっているような気がした。僕は何も出来ず手をこまねいて傍観しているだけの野呂間な亀《かめ》だった。解決の糸口を見つけようともしない出来の悪い弱虫の蓑虫《みのむし》だった。何とかしろ。この木偶《でく》の坊。最早《もはや》、誰もこの状況を救っちゃくれないんだ。あの十字架のおじさんも。教会長様も。救えるのはお前だ。お前しかいないんだ。「ザボン」に会いたかった。

母がいなくなったのは、それから一週間くらい経った、寝巻きを長袖に替えた夜のことだった。

十時くらいだった。

そろそろ寝ようとしていたらいつものように北村が酒に酔って帰ってきた。階下で物音がした。間もなくお決まりの言い合いが始まった。この頃夫婦喧嘩は日課となっており、まるで塵《ごみ》捨てのように日常化していた。塵は溜《た》まるしいつかは捨てなければならない。喧嘩する程仲が良いとある偉い人が言っていたが、そんなことは嘘《うそ》っぱちに思えた。

その夜の言い争いはいつもと様子が違っていた。北村の罵声《ばせい》が一オクターブ高かった。物凄《ものすご》い見幕である。僕はやれやれと思い、座布団の棉《わた》で作った耳栓をつめ、布団を頭からずっぽり被《かぶ》った。人は多かれ少なかれ幾許《いくばく》かのトラブルを抱えて生きているものであるが、北村と母はその全国平均値を遥《はる》かに上回っているように思えた。

喧嘩はかなり長く続いた。微《かす》かに聞こえる両方の言い分はその夜も平行線だった。

僕は布団の中の漆黒を被り、じっと眼を閉じ羊を数える。僕の場合、羊を数えるとその一匹一匹を一々想像してしまうのだ。羊は数えるごとに一匹ずつきちんと牧場の柵を越えピョンピョンと草原に消えて行く。その中にはいろいろな種類の羊がいた。大きいのや小さいの、白いのや黒いのや黄色いの、さらには角が鼻の上から生えてる奴《やつ》、足が象のように太い奴、首がキリンのように長い奴。羊は後から後から際限なく登場し僕を退屈させなかった。したがっていつまでたっても眠れなかった。羊を幾つくらい数えただろう。確か百くらいだったと思う。耳栓をしていてもはっきり聞こえる何か凄まじい物音がした。何の音だろう。僕は思わず耳栓を取り布団を剝《は》いだ。大きな破壊音の余韻があたりに残っていた。次の瞬間、北村と母の口論がラジオを点けたみたいにはっきり聴こえてきた。

「わいには《おまえ》、他に男がおっとじゃなかとか?」

「何を言い出すっとね。わけんわからん。そんなもんおるわけなかやろが。もしおったとしてん。そいのどこが悪いね。あんたにも女なんち、どっさいおいやろ。そいでおあいこやがね」

「せからしか。わいがような女ごは、出っ行け!」

ドスン。物凄い音がした。地響きのように家全体が震えた。おそらく母が投げ飛ばされたのだろう。僕は豊登《とよのぼり》のボディスラムを連想した。お互いどうしてあんなに傷つけ合うのだろう。大人はお互いぼろぼろになるまで傷つけ合わないと前へ進めないものなのだろうか。愚かだ。もうどちらも充分に傷ついているではないか。

「はよ、出っ行け」

「言われんでん、出っ行くわい」

母が返し、何かドタバタと音がし始めた。箪笥《たんす》の引き出しを開ける音、台所の食器の音、てきぱきてきぱき。母は一体何を始めたのだろう、耳を澄ましてみた。ドタドタと歩く母の足音、北村が焼酎を湯呑《ゆの》みで呷《あお》る音、テレビを点《つ》ける、ジャーッ、すぐに消した音。僕の隣の部屋で姉がシャックリのように泣いていた。

やがて母が叫んだ。

「じゃぁ、出て行くからね」

「…………」

母の「じゃぁ、出て行くからね」という呼びかけは、北村にではなくこの家にでもなく、明らかに僕と姉に向かって発せられた合図だった。

そして、

「ドタン」

北村との縁を断ち切るように、激しくドアが閉められた。

反射的に飛び起き、僕は階段を駆け降り、仰向けにふて寝している北村の脇を通り抜け、玄関へ一目散に駆けた。

すると北村はすっくと起き上がり、

「英夫。どこん行っとか」

決まってるじゃないか。僕は答えず、玄関を飛び出した。手には何故《なぜ》か筆箱を持っていた。

「英夫。どこ行っとか。英夫。もどっ来《き》い」

父が叫んだ。父は泣いているようであった。

僕は振り返らなかった。裸足のまま庭を駆け、母を追う。足の裏で小さく固いものを幾つも踏んづけた。

家の前の道は右と左に分かれていた。右の方はつづら折りに少し下り坂になっている。春になると道端にたくさんの菜の花やタンポポが花開いた。左は西のお寺に続く割りと広い道だった。両方を見たが母の姿は見えなかった。僕は躊躇なく右を選んだ。母はこのつづら折りの道が好きだったからだ。母はここでよく四葉のクローバーを捜してくれたり、花の冠を作ってくれたりしたものだった。

僕が門を出た辺りで北村が、「栄子も、どこん行っとか。こら待っちょけ」と叫ぶ声が聞こえた。おそらく姉も僕の後を追ってこようとしているらしかった。

つづら折りの細い道を五十メートルくらい下ると大通りへ出る。大通りを十分くらい歩くと悲しみ通りだった。多分母はそこへ向かおうとしているに違いない。つづら折りの細い道は街灯が無い上、近所の民家の灯も射しておらず、真っ暗で一メートル先も見えなかった。それでもありったけの力を出し、母を一目散に追いかけた。途中で一度か二度転びそうになったが何とか堪《こら》えた。夜の冷気は重たく、秋がすぐそこまで来ていることを僕に報《しら》せている。どんどん走った。走っても、もう足の裏に痛みは感じなかった。

つづら折りから大通りへ出る辺りで、母が立ってこちらを見ていた。彼女の立ち方は、僕と姉がきっと自分を追いかけて来るだろうという確信に満ちた立ち方だった。

「母ちゃ〜ん」

僕の声は、恥ずかしいくらい情けない声だった。

その瞬間、母はニッコリ笑ったが、それはすぐに消える笑みだった。

彼女の両手には大きな風呂敷《ふろしき》包みがぶら下がっていた。彼女はそれを持ったまま僕に手招きしようとしたが、包みが重たく手がちゃんと上がらなかった。

僕があと三メートルで母の胸に飛び込めると思ったその瞬間、黒い大きな物体が僕のすぐ横をダンプカーのように追い越して行った。北村だった。彼の後ろ姿は物の怪《もののけ》に憑《つ》かれたようだった。母は北村のそんな迫力に気おされ、一瞬、怯《ひる》んだ。物の怪は獣のように母に飛びかかり、母の髪を鷲掴《わしづか》んだ。

「こん、女郎《やま》が。なめちょっとか」

と叫び、緩くパーマをあてた母の髪をまるごと引き千切らんばかりに引き寄せ、一回二回と引《ひ》き摺《ず》り回した。

母は歯を喰いしばり「ううっ。ううっ」と低く呻《うめ》いた。

髪が軋《きし》む音がした。

引き摺り回されながらも、何故か母は決して手の風呂敷包みを離そうとしなかった。

次に北村は片手で摑んでいた髪を両手に持ち直し、渾身《こんしん》の力を込めて母を投げ飛ばした。

母の身体《からだ》が道路にもんどりうった。瞬間、母が大事そうに持っていた風呂敷包みは手を離れ、一旦宙に舞い、次の瞬間道路に叩きつけられた。もの凄い破裂音がした。

茶碗《ちゃわん》の割れる音だった。風呂敷包みの中身は茶碗や瀬戸引きの鍋《なべ》だったことをその時初めて知った。

母は北村を夜叉《やしゃ》のような目で睨《にら》んだ。それは今まで見たこともないような、一言で言うなら——殺意——といった睨みだった。

「あんた私《うち》のこと、好きね？　私は白粉《おしろい》も塗らんし、綺麗《きれい》なべべもよう着ん。耳飾りもせんし、あんたの思うちょるごつ綺麗にはなれん。あんたは化粧して、髪結って、綺麗なべべの裾《すそ》開く女《おなご》が良かたろう。あん時ん私んようにはなれんけん。私はもう前の私じゃ無いけん。じゃけん、もう私は、あんたの好きなようにはなれんけん。私は、良か女やなかけん。じゃけんど私はあんたんこつ、好きやったんよ。刺し違えてん良かくらい好きやったんよ。今うちが生きとるともあんたのお陰やし。じゃっどん、もういかん。もうできん。あんたとはもうできん。もう、ぼぼできんとよぉ！」

言下に、北村が母の頬を叩《はた》いた。「パシッ」という湿った音。母の頬を伝う涙の音だった。

「やめんか」

思わず僕は叫んだ。

叫ぶと同時に、北村の開《はだ》けた丹前の腰のあたりを、持っていた筆箱で思いっきりぶん殴った。北村は蚊に刺されたような顔をした。自分でもなぜそんなことをしたのか解《わか》らない。このまま遣《や》り過ごす訳にはいかなかった。「救え」「男のくせに」などの言葉が頭の中をぐるぐる回っていた。筆箱は割れ、中の鉛筆と消しゴムが飛び散った。消しゴムのオバQが笑っていた。

「やめんか。おいが母ちゃんになにすっとか」

続いて、グーで北村の腹のあたりを何度も殴った。手首がだんだん痛くなる。「母ちゃんを、救うっとは、僕《おい》しかおらん。僕は湿った薪なんかじゃなか。亀でん、蓑虫でんなか」心の中で何度もそう叫んだ。もしかしたら実際声に出していたかも知れない。

　北村は僕を悲しい目で睨んだ。目頭が見る見る涙で膨らんでいった。僕も泣きたかった。でも泣かなかった。人前で泣くのは負けである。言葉は何も出てこなかった。何故か、北村と行った「山之尾」を思い出した。

　姉は地べたにとんび座りに座り、迷子のように泣いていた。すぐ横の電柱の電球の光が姉の下にもう一人の姉をつくり、そのもう一人の姉も同じように泣いていた。

　道路には割れた茶碗やコップの破片が散在していた。

　それを見て、「茶碗や箸《はし》にも魂が宿っちょっとよ」、いつかの北村の言葉を思い出した。

そして、僕は一体幾つの魂が壊れてしまったのだろうか、とぼんやり考えていた。見ると、中に僕が大切にしていたエイトマンの茶碗が真っ二つに割れていた。僕はそれを見てまるで僕自身が真っ二つに割れてしまったような錯覚に陥った。もしかすると魂が宿るとはこういうことなのかも知れないと思った。その時、まてよ、と思った。どうして母は僕の茶碗を持ち出そうとしたのか。

物音を聞き付けて近所の人々がざわざわと集まり始めた。皆僕らを赤の他人のように冷たく見ていた。母は、さも何事も無かったように立ち上がり、

「すんません、うるそうして。すんません、夜中に、すんません……」

集まった人数分頭を下げ、照れ隠しに軽く笑い、その場を取り繕った。髪の毛が解《ほつ》れ、乱れ、とても痛々しい。割烹着《かっぽうぎ》の背中に小さな石が幾つもくっついていた。胸が締めつけられた。母は周りに満遍なく謝ると、道の至る所に飛び散っていた欠片《かけら》を一つずつ丁寧に拾い集め、風呂敷に戻した。

北村は「チェッ」と毒づき、家の方に大股《おおまた》で戻って行った。

僕は母の背中についた石ころを両手で払った。姉は母の手の中で何度もしゃくりあげていた。割れた破片が足の踵《かかと》に刺さって裸足だった事に初めて気付いた。母は僕を

おんぶしてくれた。大きくなってから母におんぶされるのは初めてだった。母の背中は「ザボン」のそれのように広く逞《たくま》しく、オサムさんのそれのように暖かかった。

翌朝、母は音も無く居なくなっていた。たった独りで。雨が止《や》むように。

気付いたのは朝だった。置き手紙が僕の机の上に、新聞の広告の裏に僕の鉛筆で書かれてあった。

――英夫君。栄子ちゃん。母ちゃんはやっぱりここにはおれん。ここは地獄や。ごめんね。ごめんね。ごめんね。ごめんね。ごめんね。母より――

切ない手紙だった。たった二行の文で、地獄という表現が心に沁《し》みた。

無駄だとは思ったが、僕は部屋を飛び出し、近所をできる限り捜し回った。正子ちゃん家《ち》、天理教場、日置さんち、湖月堂、宝来酒店、豆腐屋、かぼちゃ畑、屑《くず》屋、西のお寺、竿竹《さおだけ》の倉庫、あらかた捜したが、母はどこにも見当たらなかった。

夜になって『たなか』にも行ってみたが、誰も母の行方を知らなかった。きっと母は誰にも知らせず消えたかったのだろう。それでも母を知る人々は口々に「タミちゃんのことやから、きっと大丈夫よ。心配せんでんよか。絶対英夫君と栄子ちゃんを迎えにくるよ」とあたかも全部を知っている占師のように言った。

それから数日、耐えられない空気に僕も僕の家も支配されていた。どんなに足掻《あが》いてみたって結局何処《どこ》へも行けやしなかった。逃げ場はどこにも無い。僕は翌日も翌々日も、やり場のない苦しみと悲しみと共に眠りについた。あてもなく起き、あてもなく食べ、あてもなくただ生きた。まるで今の僕のようだった。頭の中で色々なことを考えようとしたが、何一つ形を成さなかった。頭の中ががらんどうになり、中を乾いた風が吹き抜け、生き生きした時間は全《すべ》て灰になり、僕はいっそ理科室の標本の昆虫になりたかった。そうすれば背中を針で刺され、じっとしているだけですげない時間は過ぎ去って行くのだ。

北村は毎晩やってきて僕らが部屋にいるのを確かめてから自分の部屋で寝た。姉は毎夜まるで校則で決まっているかのように泣いた。泣いて泣いて泣き止んだかなと思うと微《かす》かな寝息が聞こえてくるのだ。

眠れない夜、天井を見つめていると時々おりんさんが現れた。おりんさんは僕に何か話し掛けようとするのだが、何を言おうとしているのか判別できなかった。必死でおりんさんの口を読み取ろうとしてみても、「人生に失望したので……」と遺書と同じ事を言っているようにも思えたし、全く違うようにも思えた。堪《たま》らず語りかけると、おりんさんはすうっといずこへともなく消えて行った。

朝起きると僕らは北村を起こさないように、否《いな》、気付かれないように、姉がこしらえた小さな握り飯を一つずつ頬張り学校に行った。どういう顔をして学校で過ごしていたかは覚えていない。おそらく飄々《ひょうひょう》とやり過ごしていたに違いない。そういう子供だった。福島さんだけは僕のささやかな変化に気付いていたかも知れない。そしてそれがどういう種類の変化かについても……でも、できるだけ普通に振る舞う、福島さんはそういう子供だった。

五日目くらいからトラが啼《な》くようになった。決まって夜の十時くらいに。

とても奇妙に、まるで何かを僕に伝えたいと謂《い》わんばかりに。あんなトラの啼き声を聞くのは初めてだった。

きっと母が近くまで来ているのかも知れない。そうだ。そうに決まっている。僕らを迎えに来たのだけど、北村がいるので家に入れないんだ。そう思った。

六日目も七日目もトラは啼いた。

夢を見た。万華鏡《まんげきょう》の夢だった。万華鏡の模様が後から後から繰られるだけの単調で奇妙といえば奇妙、邪悪といえば邪悪、美しいといえばいえなくもない夢。

八日目の夜、トラがいつものように啼いたので、僕は部屋の窓を開け暗闇《くらやみ》に目を凝らしてみた。夜の匂《にお》いがした。闇に向かって耳をそばだてると漆黒の中で声がした。

「トラ。トラ」

母の声だった。母がトラを呼んでいる。いやトラではなく僕と姉を呼んでいる、そう思った。僕らに「母ちゃん迎えにきたよ」と報せているのだ。全身が震えた。僕は暗闇に向かい、押し殺した声で、

「かあちゃん」と呼び掛けてみた。

とたん、母の声が消えた。

母の代わりにトラが「ニャー」と答えた。

空耳だったのか。母ではなかったのか。母を思うあまり風の音がそう聞こえただけだったのか。ただの幻聴か。

ちっぽけな流れ星が流れた。しかしお祈りすることなどすっかり忘れてしまっていた。布団《ふとん》に入ってから思い出し「いまさらお祈りしたっち、おそいが」と天井に言った。

階下で北村の小便の音がした。

翌日、学校から帰ってくると、北村は僕と姉を座布団に座らせ神妙に言った。

「母ちゃんとこに、行こごたいか？」

北村は酒を飲んでいないのに酒臭かった。姉は北村の目を見据え、力強く頷《うなず》いた。僕は何か煮え切らない返事を返しただけだった。姉はそういう僕の態度を「信じられない」といった風に睨んだ。僕は率直に言ってどちらでも良かった。いや違う。正確に言うと、どちらにつくべきか分からなかったのだ。

また、選択肢は二つだけなのか、どちらも選ばないという選択肢は無いのか、と考えていた。

今思うと、矛盾しているのだが、僕には北村からも母からも自由でありたいという気持ちもあった。こういう状況に置かれているのは、母のせいでもあったし、どちらかを選ぶのは公平では無いような気がした。今も旨《うま》く表現できないが、北村と母と僕と社会との関係に自由な距離感があれば良かった。誰にも理解してもらえないかもしれないが、とにかくそういうことだった。

言うまでも無いが、最良なのは、どっちもここに居ることだった。でもそれは最早《もはや》叶《かな》わないことだった。ただ一つだけ言える真実は、北村も母も紛れもなく僕の親であるということだった。

北村につくとしても、母につくとしても、どちらにもつかないとしても、その三つのどれかを選ぶということそのものが、僕をとても窮屈にし反吐《へど》が出そうになった。

北村は、「俺《おい》を選ぶか、母ちゃんを選ぶか、自分らで決めろ」と言い放ち、僕らに背を向け、焼酎《しょうちゅう》を呷《あお》った。

姉は、

「母ちゃんのとこ行く」

即決した。姉は続けて僕に迫った。

「うちはお母さんのとこ行くけど、英夫君は、どげんする?」

僕は北村を見た。北村も背中で僕をじっと見ていた。こんな北村でも僕は好きだった。こんな奴《やつ》でも僕にとって父だった。かけがえの無いたった一人の血の繋《つな》がった父だったのだ。

僕は頭の中に、「父」と「母」と書き、真中に鉛筆を立て、眼をつむって「えいっ」と倒した。

心の中で眼を開けた。

鉛筆は母の方に倒れていた。

一瞬、北村の背中が震えた。

北村は茶碗の酒を一気に呷った。僕も一杯呑《の》みたい気分だった。

母が僕らを迎えに来たのはそれから二日後だった。山の季節でいうと寒露の頃。僕はランドセルを背負《しょ》い、着替えを詰めた風呂敷《ふろしき》包みを下げ、母を待っている間、もう「山之尾」へ行くことは無くなるんだろうなとぼんやり考えていた。横で姉も同じようにランドセルを背負い、自分が入れそうなボストンバッグの中に必要なものだけを詰め、玄関でバスを待つように佇《たたず》んでいた。彼女は果たして何を考えていたのだろう。顔には爽《さわ》やかな色が広がっていた。

突然、玄関の格子戸《こうしど》がガラガラッと開いて、母が現れた。母を見るのは凡《およ》そ十日ぶりだった。随分会って無いような気がした。母は顎《あご》のあたりが少し痩《や》せたようだ。

北村の姿はどこにも無かった。

＊

妙な言い方であるが、北村が死んでいて何かホッとした部分もあるのは事実だった。

ただ一つ、どういう死に方をしたのかだけ気になった。酒か病気か不慮の事故か非業の死か……そのことについて何か事情を知る者がこの日本、いやこの町のどこかにいるに違いない。しかし、腰を据えてその人を捜し出す時間は無かったし、それはとても困難なような気がした。よくよく考えてみると、そういうことはもうどうでも良さそうにも思えた。たとえ死因が何であろうと彼は確実に死んだのだ。この世に具体的な姿はなく、体温だって言葉だって存在しない。僕は彼に触れることも話すこともできないのだ。その他にも実際的なことは何一つ出来ないのだ。行為を抽出する具体性は何もない。逆に、僕がホッとした理由の一つはそこら辺にあるかも知れなかった。何はともあれこれまでの自分にやっとこれで区切りがつけられるようで、安心めいた気持ちが込み上げてきたのが本当だった。

そんなことを漫然と考えながら歩いていた。どこをどうやって歩いたかはぜんぜん覚えてない。もしかすると本当は歩いていないで空気中をすうっと移動したのかも知れなかった。気がつくと古い納骨堂の前に立っていた。時刻は三時三分。ちょっぴり山風があった。風に乗って微かに煙りと骨の臭《にお》いがした。納骨堂は普通のお寺の四分の一くらいの大きさで、周りを田圃《たんぼ》に囲まれた緩やかな丘陵の上にとても気持ち良さそうに建っていた。見晴らしも良く、村が一目で見渡せた。きっとこういう場所が最も天国に近い場所なのだろうと思う。人気は無く建物自体は映画のセットみたいで、納骨堂すぎる納骨堂だった。中から死者達の「ここは居心地が実にいい。霞《かすみ》はきれいだし、みんな親切だ」そんな声が聞こえてきそうだった。

この地方では近年、昔ながらの塋域《えいいき》は少なくなり、代わりに死者の骸《むくろ》を焼き、各家系ごと纏《まと》めて納骨堂に納めるという効率的で衛生的なやり方が一般的になっている。歴史が進み、死ぬ人が増え墓も増え土地が足りなくなり、墓にコストがかかり、墓参りの人口が減り、雑草が生え野良犬やカラスが供物《くもつ》を漁《あさ》り、墓の管理が行き届かなくなった。加えて、厄介な物一切を一つに纏めてしまおうという人々の不精が、今日の無機質な死者の団地を造り上げているのだ。現世でも集合住宅、来世でも集合住宅である。帰る家があるだけまだましか……。

昔はこの地方もあちらこちらに墓や墓地が点在していた。お盆になると、母は出席しなかったが、母方の親戚《しんせき》中が上長飯の祖母の家に集まり、子供達は近くの墓地でよく肝試しをしたものだった。深夜、盆提灯《ぼんぢょうちん》を持って墓地の一番奥まで行き、落雁《らくがん》を置いて来るのだ。次の人はそれを取って来る。僕は肝試しが大の苦手で、気を紛らすために大きな声で明るい歌を唱《うた》いながら墓に向かうのだが、どうしても恐くて途中で泣いてしまった。泣きは負けである。そこで引き返すのはカッコ悪いし癪《しゃく》なので泣きながら唱い進んだ。「僕らはみんな生きている〜〜生きているから楽しいんだ〜〜」全然楽しくなかった。余りにも僕の声が怨《うら》めしいので何ごとかと近所の人が出てきて、僕はいつも九死に一生を得るのだ。

しかし納骨堂になってから肝試しが急激に減ったと聞く。そういう情緒纏綿《じょうちょてんめん》が段々姿を消すのはやはり寂しい気がする。

ここ三崎町川村には二ヶ所納骨堂があるということだった。そのどちらかに北村が眠っている可能性は高い。

僕がぼおっと佇んでいると堂の横から誰かが僕を呼んだ。

「おおい。もし。誰かの墓参りかんね」

声の主は鉛色の作務衣を着た、七十歳前後の老人だった。僕は一瞬北村か、と思ってドキリとした。おそらくここの墓守だろう。頭には年代物の麦わら帽子、顔には七十年分人を見てきた眼差しと、七十年分の皺《しわ》があった。肌は土気色に黒かった。

「墓参りね?」

老人は繰り返した。草毟《むし》りの途中だったのか手には小さなスコップと根の強そうな雑草が握られている。

好都合だった。

「はぁ。少々お尋ねしたいんですが……」

老人は訝《いぶか》し気に僕を見た。それはどこかで見たような気がするけどどこで会ったかなといった類《たぐ》いの目線だった。

「何ね。訊《き》こごたいこつは」

「ここに北村英次という人が、眠っていますでしょうか」

「ああ、おるよ」

あっけない答えだった。あっけなさ過ぎて拍子抜けした。こんなにいとも簡単に事が解決してしまっていいものだろうか。

「おいこた、おいけん……」

老人は三度くらい目線を落とした。

「おいこた、おいけん、何ですか」僕は訊いた。

「無縁じゃよ」

「無縁？」

「うむ、無縁仏じゃっとよ……いいや無縁みたいなもんじゃっとよ……」

どういう意味なんだ。

そう思ったことが恐らく僕の表情に出たのだろう、老人はいったん堂の中に入り、古びた過去帳を持って来た。

それによると、北村英次が死んだのは、昭和四十八年一月三十日。享年《きようねん》六十六であった。生きていれば九十一歳。死んでいても無理はなかった。しかし昭和四十八年一月三十日というと今から二十五年前、僕が十五歳、中学三年の時である。ずいぶん昔である。僕は彼と、僕が八歳の時に別れているのでそれからたった七年程で死んだということになる。僕が殴ったあの時の北村は五十九歳だったのだ。鮒吉《ふなきち》の池の風呂《ふろ》に入った時の蛆虫《うじむし》のような身体《からだ》は五十代後半だったのだ。

僕は最後に見た北村の姿を想《おも》い出してみた。それはまるで写真を見るみたいに正確に想い出せた。

＊

北村の家を出て暫《しばら》く経《た》ったある日の午後、僕はかつて僕らが住んだ北村の家をそっと訪れてみた。暫くといってもどれくらいかは定かではない。一ヶ月だったかも知れないし二ヶ月だったかも知れない。寒かったことは覚えている。学校帰りにわざわざ遠回りをして恐る恐る門から中を覗《のぞ》き込んだ。そこで僕は信じられない光景を目の当《あ》たりにした。北村が刺され入院した時彼の病室にいたあの女が、赤ん坊を背負い庭の芝草を竹箒《たけぼうき》で掃いていたのだ。彼女はとても平和で穏やかな空気に包まれていた。縁側では北村が退屈そうに新聞を広げていた。ふと、女が僕に気付いた。その気配で北村も僕を見た。女の表情に何とも言えない複雑な波紋が広がり、仇敵《きゅうてき》を見るような目つきで僕をキッと睨《にら》んだ。次に彼女は北村を見、目で訴えかけた。「あんたもぼうっとしてないで何とか言ったらどうなの。あんたの子でしょう」しかし北村の目は何も答えなかった。敵でもないし味方でもないといった中間的な目線をしていた。僕を見ているのでは無く、僕の方を見ているというような力のない目線だった。

その時初めて僕は心の中で北村という「父」に別れを告げ、それから二度とその家を訪れることは無かった。

北村の家を出て僕らは四畳半の陋屋《ろうおく》で暮らし始めた。うらぶれた荒《あば》ら屋みたいな一軒家を四つに区切ってあるへんてこな家だった。屋根裏部屋のように天井が斜めになっていて一番低い部分の天井からはみ出ていた釘《くぎ》が母の頭に刺さったことがあった。畳はおんぼろで真中が凹《へこ》んでいるので寝るとちょっとしたハンモック状態になった。弾力性があり気持ちいいので調子に乗って、上下に跳ねていると時々床が抜けてしまった。それを見た姉はリスのように笑った。部屋は全体が年代ものの土蔵のような臭いがして、玄関の土間を掘り返すと古代人が残した土器などが採掘されそうな気配だった。

大きな出窓はなかったが、代わりに覗き窓のような小さな窓が一つ申し訳程度についていた。時々土鳩《どばと》がそこを自分の巣と間違えて飛んで来たりした。土鳩は僕らの部屋を見るなり「ホロロ」と鼻で笑い、どこかへ飛んでいってしまった。

便所と台所は屋外にあり共同使用で、台所の下には見たこともない小さなキノコが生えており、採って食べたらどんな味がするのだろうといつも気掛かりでしょうがなかった。

壁が薄いのが一番困った。ポスターを貼《は》ると刺した押しピンの先が向こう側に突き出てしまうし、隣の物音がはっきり聞こえるのだ。引っ越して間も無い頃、隣に住んでいる女性のプーという微《かす》かな放屁《ほうひ》の音が聞こえた。そこまでは良かったが、その後小さな声で「すみません」と謝られたのにはさすがに驚いた。貧乏な生活は今まで経験したことのない新しい発見ばかりで僕を退屈させなかった。毎日が驚いたり、笑ったり、情けなかったりの連続だった。

便所は離れているので夜行くのがとても恐かった。建て付けが悪いせいか隙間《すきま》風がすうすう入ってきて、大便のときなど寒くて二分以上尻《しり》を出していられない。ボットン便所なので時々お釣りが来たり、スライド式のカギが壊れているので片手で押さえて用を足さなければならないのだ。母は戸を押さえている時、外から勢い良く引っ張られて尻を出したまま外に後ろ向きに引っくり返ってしまって以来扉を押さえようとはせず、僕は中に母が入っているとは知らず戸を開け、よく母のザボンのような尻を拝ませてもらったものだった。

ある時、検便があり、家で便をとって学校に持って行かなければならない朝、どうしても便が出なくて困っていると母がやって来て、

「出んもんは、しょうがなかけん。かわりに母ちゃんのを持って行きな」と言い、僕を押し退《の》け、代わりに母が排泄《はいせつ》し、検便袋に自分の便を目一杯つめ僕に差し出した。まったく信じられないことをする女だ。僕は母に言われるままそれを学校に提出したら、数日後、保健室に呼ばれ、男だか女だかわからない女の先生に、

「あなたの便から、ギョウチュウの卵が発見されました」

と嬉《うれ》しそうに言われた。僕の便では無いので、もらった薬を母に渡したら、母はニッキ玉を噛《か》むようにバリッバリッと噛んでいた。

この頃僕らの地方に初めてデパートがお目見えした。地下一階地上五階建ての白く近代的なビルである。いつしかそれはこの街の象徴になった。と言うのも、デパートが出来た時、学校の朝礼で校長が、「ついに我が市にもデパートができました」と誇らし気に語ったくらいだったのでそのデパートの偉大さが窺《うかが》い知れようと言うものだ。実際このデパートの出現によって僕らはちょっと都会人になれたような気がしたし、このデパートから流行や都会的な買い物の仕方など沢山のことを学んだ。子供達はそのデパートに連れて行ってもらうのが最高の喜びだった。翌日学校で自慢できたのだ。

僕は母にまるまる三日ねだってデパートにやっと連れて行ってもらった。デパートの中は宇宙船のようにまばゆく、これまで嗅《か》いだこともない清潔な匂《にお》いがした。真新しく、きらびやかな品々があたりに所狭しと並べられ、館内には上品な都会弁のアナウンスが流れ、エレベーターの脇《わき》では宇宙服のような衣装を身に纏《まと》ったお姉さん達が王様にするように頭を下げていた。また、このデパートの一番の売りはエスカレーターであった。欠点は登りしかない点である。降りる時は階段かエレベーターを使わなければならないので不便といえば不便だったが、そんなことはおかまいなしに、僕らは世界中のどこの国の子供もする定番な遊び、つまりエスカレーターを逆に降りて係員に何度も注意された。時々振り返ると母も一足飛びに降りて来ていた。

デパートは山歩きのように飽きない。何といってもちびっ子のお目当ては、五階の展望レストランのお子様ランチと屋上のゲームセンターだった。僕はお子様ランチの旗よりチキンライスの上にグリンピースがのっかっているのに感動した。初めそれがグリンピースだとは知らなかった。姉が「これはグリンピースというもんじゃ。図鑑で見たことがある」と教えてくれた。グリンピースは食べてみると旨《うま》くも不味《まず》くも無く、何のためにチキンライスの上に乗っかっているのか分からず僕を少し混乱させた。

屋上に上がるとおまちかね、ゲームセンターの登場である。そこは文字通りお伽話《とぎばなし》の世界であった。見たこともない型の数々の乗り物やゲーム等々、サーカスとはまた違った輝きで、ここには切なさや悲しみの欠片《かけら》は微塵《みじん》もなかった。

僕は母に死ぬほどねだってエイトマンの乗り物に乗せてもらった。エイトマンに跨《また》がり十円入れると前後左右にまるで本当にエイトマンに乗っているように動くのだ。一回だけという約束だったのに僕は夢中になり、立て続けに三回も乗った。何度乗っても夢のように揺れるのだ。夢はあっという間に終わる。もう帰ろうとする母の袖をひっぱり殴られるくらいせっついて、最後の最後と約束し倒し、今度は鉄腕アトムに乗る。早く十円玉入れてという僕を無視し、母は何を思ったかアトムを両手で鷲掴《わしづか》み、渾身《こんしん》の力を込めて前後左右に揺すり始めたのだ。アトムは鈍い音をたてながら仕方なさそうにガタガタと動いた。母は歯を喰いしばりこめかみに血管を浮きたたせ、

「英夫。楽しいか。ほらこんなに動いちょろうが。十円なんかいらん。こうやって手で揺すれば同じことや。英夫。楽しいか？」

僕は全然楽しくなかった。周囲の人達は皆クスクス笑いながら僕らを見ている。彼女のアイデアは経済的で実に斬新だったが、この時ほどこの人の子供ではありたくないと思ったことは無かった。

母に、「もうよかよ。やめてくれやん」

そう何度も言うのだが、一度スイッチが入ってしまった母はどんどんヒートアップし、まるで母に十円玉を何枚も入れたように動き続けた。呆《あき》れ果てた係員が止めに入り、暴れる母を羽交《はが》い締めにしていた。

母はこの頃、北村の家に居た頃とは比べものにならないくらい逞《たくま》しく、躍動感に満ち、形振《なりふ》り構わず生きている感があった。瞳《ひとみ》は穏やかだが活力に満ち、行動は相変わ

らず突拍子も無かったが、それはそれで彼女なりの平衡性を保っているように思われた。

この頃『たなか』に警察が入り、摘発されたことを人づてに聞いた。

そして、母はこの頃から近くのセメント工場で働き始めた。どうして『たなか』のような店ではなくセメント工場だったのかは分からなかったが、彼女はこの仕事が性に合っていると謂《い》わんばかりに毎朝早く工場へ出掛けて行った。割烹着《かっぽうぎ》に地下足袋、頭には日本手拭《てぬぐ》いをキッと巻き、まるで本土決戦というような気合いの入れ様であった。この頃彼女の周りの空気は確実に二、三度高そうに思えた。仕事は筋骨隆々のタフな男達に混ざって下働きをしていた。畳一畳くらいの広さの鉄盤の上に、砂と砂利をまぜたバラス、セメント、水をそれぞれ六対三対一くらいの割合いで入れ、三、四人の女工達で捏《こ》ねくり混ぜる。スコップ同士がぶつからないように上手にタイミングを計って交互にスコップを入れるのだが、ベテランの女工さんがやるとそのタイミングが絶妙で見ている僕を唸《うな》らせた。時々「サービスや」と言ってセメントを多く入れたりすると関係ないのに僕まで嬉《うれ》しくなった。捏ねたコンクリを、馬鹿《ばか》でかい機械の一番上についている金属性の巨大な漏斗《ろうと》に、男衆が「せぇの」という威勢のいい掛け声と共に一気に流し込むと、機械は全身から水飛沫《みずしぶき》や湯気を吹き出すのだ。やがて機械の下部出口から出来たてホヤホヤのブロックが行儀良く一列に並んで出てくる。ブロックに横穴を開けるのは基本的には機械がやるのだが、僕が興味深そうに眺めていると、橘《たちばな》さんは時々僕に穴を開けさせてくれた。丸く尖《とが》った金属の棒でブロックの横腹に棒を刺すと、出来たばかりのブロックはまだ完全に固まっていないのでぐさりと何の抵抗もなく入る。もしかするとこの感触は人を刺す時のそれに似てるのではないかと思い胸が熱くなった。その感触は僕を虜《とりこ》にし僕は何回も橘さんにせがんだ。その都度橘さんは「殺生《せっしょう》やな」と嬉しそうに言い「抱主《かかえぬし》には内緒やで」とウィンクした。橘さんは懲役あがりだけど、瓦《かわら》造りの名人なのだ。この工場は屋根瓦も煉瓦《れんが》も造っていた。瓦は屋根瓦だけでなく敷瓦や張り瓦もあった。そしてそのほとんどを橘さんが焼いていた。橘さんが粘土を箆《へら》で丹念に撫《な》でるととても柔和で見事な曲線美になるのだ。それを卒業証書をもらうように両手で大事そうに持って日向《ひなた》臭い窯《かま》の中に並べるのだ。時々粘土の練り方が不充分だったりするとひしゃげてしまうものもあり、橘さんは決まって「チェッ」と舌打ちして僕にその破片をくれた。僕はそれを捏ね直し、キリンやワニや戦艦大和に変えた。

工場には何人かの女工さんが働いていたが、母が一番若く元気だった。母は男扱いが上手《うま》く、人夫さんや職人さん達と時々軽口を言い合ったりするので母の受けはすこぶる良かった。砂を掻《か》いたりするリズミカルな仕事の時彼女はいつも歌を唱《うた》っていた。それは流行歌だったり民謡だったり春歌だったりした。母の歌はとびっきり上手だとは思わなかったが、艶《つや》っぽくめりはりがあり、ずっと聴いていると何とも言えない不思議な空間に聴衆を誘《いざな》う。まるでローレライの人魚のように。彼女は悲しいメロディになると自身涙ぐみ、声を震わせた。女工さんの中には感傷的になりもらい泣きする人もいた。

母は時々手を休め、こう言った。

「力仕事は正直でよかね。やればやった分だけはかどるし、力をいれた分だけブロックもスコップも動いてくれる」

母の襟足を流れる汗の玉が水晶のように光った。その時、母が女工という生き方を選んだ理由が少しだけ分かったような気がした。

セメント工場では、お昼の時間になると、全員が水道に並んで手を洗う。午前中の労働で汚れた手を、蛇口にぶら下げられたオレンジ色の網目の袋に入った洗濯石鹼《せっけん》で綺麗《きれい》に流すのだ。洗い流された汚れは、パレットで薄めた灰色の絵の具のように流し台を流れていく。僕はその時の独特の模様が好きで、いつまでも飽きることなく眺めていた。

土曜日や日曜日のお昼、僕はよくこの工場の食堂で昼食をとった。食堂といっても、板にセメントを塗って作った簡単なテーブルにパイプ椅子《いす》が乱雑に置いてあるだけで、食べる時だけそれらを車座に並べ弁当を広げるのだ。母は料理が下手でいつも日の丸弁当に沢庵《たくあん》だけである。北村といつか山で食べた弁当は母が作ったものだったのだ。でも、他の女工さん達が何かしら御菜《おかず》を分けてくれるので母と僕はとても助かった。ひとしきり飯が終わると女衆が茶を入れ直し、工場長の日高さんがいつももってくる黒砂糖や水飴《みずあめ》を嘗《な》める。

皆リラックスして午後の座談をしていた。誰かが母を冷やかす。

「タミさんは、べっぴんさんやしまだ若えから、もったいないね」

「何が、もったいない？」

母が白を切る。

「何がて……あれやがね」

日高さんが焦《じ》らす。

「あれがて……何？」

母がわざと苛《いら》ついたように言うと、皆がクックックッと笑いをこらえる。

「決まっとろうが、男たい」

誰かが痺《しび》れを切らし、そう言うと皆がゲラゲラと笑った。

母も笑った。

「男なんぞ、しちめんどくさか、もうこりごりや」

「とか何とか言おって、ほんとはどっかに、よかにせ《いいおとこ》さんがおっとじゃなかね？」

そう言って、女工の中の一人が親指を立てた。

親指を立てると彼氏、小指を立てると彼女を指すというのは僕は橋さんに教えてもらって知っていた。

「よかにせどん、いっちょんおらんよ。冷やかしやんな。げんね《はずかしい》がね」

母の頰が徐々に赤くなった。

「タミちゃん、顔が赤いど」

皆がまた笑った。

「茶化しやんな」

ここの工員達は実に真面目《まじめ》に良く働いた。文字通り朝から晩までのべつ幕無しに五体を動かした。

広男さんだけは例外だった。広男さんは気が向いた時だけふらりと工場にやって来て、工場内をのらりくらりとうろつき、時々作業をすっぽかしてぷいっとどこかに消えてしまうので皆からは少々疎《うと》ましがられていた。ぶっきら棒な物言いをするし風貌《ふうぼう》もあまりパッとしないので気色悪がる人達もいた。しかし乱暴をはたらくわけでも他人の仕事の邪魔をする訳でもないので、皆できるだけ関わり合いにならずただ遣《や》り過ごしているといった風だった。広男さんは誰がつけたのか渾名《あだな》をジャンバルジャンといった。ジャンバルジャンは坊主《ぼうず》頭で背が高かった。

ジャンバルジャンがやって来ると皆口々に、

「なまくらがきた」とか、

「ぼんくらがきた」と悪態をついた。

「そんなこつ言うたらいかんよ。ジャンバルジャンな頭が弱いっじゃかい」誰かが窘《たしな》めた。

卑劣な言葉を投げかける心無い者に、母はその時だけは人が違ったように激怒した。

「みんな同じ人間じゃが！」

ジャンバルジャンは、母だけには笑顔で話し掛けた。天気のことや、天気のことや、天気のことなど。彼が母に話し掛ける時は決まって天気のことだった。もしかするとジャンバルジャンは母に会うためにこの工場にやって来るのではないだろうかと勘繰ったりした。ジャンバルジャンはいつも頭陀袋《ずだぶくろ》を首からぶら下げている。僕はあの袋の中に何が入っているのかとても気になったが一度も覗《のぞ》こうとはしなかった。袋の中身を見てしまうと何かが——何かの正体は分からなかったが——終わってしまいそうな気がしてならなかった。

工場内は埃《ほこり》と化学物質の臭《にお》いに塗《まみ》れ、いつもブロックとか瓦などが足の踏み場もないくらい堆《うずたか》く積み上げられていたが、僕はその空間にいると妙に落ちついた。機械の熱気で暖かかったし、コンベアの動きはとても単調だったが、何時間見ていても飽きなかった。

僕は学校から帰るとランドセルを放り投げセメント工場に行き、あれこれと時間を潰《つぶ》すのがその頃日課となっていた。僕が工場に顔を出すと、橘さんは必ず僕を誉《ほ》めるのだ。

「英夫君は、えらいね」

何が偉いのか良く分からなかったが、何故《なぜ》か彼は僕に会う度にそう言った。僕の学校の成績など知らない筈《はず》なのに。

橘さんには僕くらいの息子がいて、何年か前に死んだのだと後で知った。子供の話をする時、橘さんは涙を一生懸命堪《こら》えているのか瞬《まばた》きを何度もするのだった。そんな時僕は橘さんの子供になってあげられたらいいなと思った。橘さんになら血が繋《つな》がってなくても素直に「父さん」と呼べそうな気がした。

母の仕事は大体夕方六時に終わった。始まりと終わりには工場の規模には不釣り合いな音でサイレンが鳴った。市全体に聞こえるくらいで、実際市民の殆《ほとん》どはこのサイレンで朝の八時と夕方の六時を確認していたのではないだろうか。

母の仕事が退《ひ》けると僕らは手を繋ぎ、家までたっぷり時間をかけて歩いた。母は日本手拭いを姉さん被《かぶ》りにし、染《し》みだらけの割烹着に絣《かすり》のモンペという出《い》で立《た》ちであった。地下足袋は指先が破れ土埃に塗《まみ》れていて、足元だけを見ていると忍びに疲れた忍者のようだった。身体《からだ》からは母自身の匂《にお》いやセメントの臭い、化学薬品の臭いなどが混じり合い、とても複雑な臭いが放たれていた。

歩きながら母は取りとめも無い話をし、僕はその一つ一つを一言も聞き逃すまいと耳を澄ます。道端に沈丁花の木が生えていた。彼女の話を聞いていると時が揺蕩《たゆた》い、万華鏡《まんげきょう》の模様のような非現実的な夢の中で身体がふわりと浮いたような感覚を味わえた。それこそがまさに当時僕が真に求めている世界だった。簡単に言えば「ホッ」とできるような世界。

僕は必ず右手で母の手を握った。僕は僕の右側半分には北村の血が流れていて、左側半分には母の血が流れていると考えていた。右側の北村の方の手を母と繋いでいると、母の体温が伝わると共に血液も流れ込んで来て、右側半分を母の血で埋め尽くし、右側も左側も母だけの血になれるような気がした。

かつて、か細かった指は太く節くれだち、ひび割れ、表面は軍手のようにざらざらしていた。が、あの頃より何十倍も何百倍も暖かかった。

母はこの頃、北村と別れる時まで持っていたふかふかの毛皮のコートや、優美に光る上等な着物やきらきら眩《まぶ》しい装身具など全《すべ》て処分している。更に、これまで肉体労働など従事したことのない母が敢《あ》えて泥に塗れる仕事を選んだのは、二人の子供を母としてばかりでなく、父としても育てて行く決意を示した証左だったのではあるまいか。

母は歩きながら僕の手を大きくふり、照れ臭そうに言った。

「英夫は、貧乏者《ひんしや》はいやね」

サロンパスの臭いがした。

「……ううん……」

僕は明確な回答を避け、生返事を返した。どちらでもよかった。いや、金の有る無しなどどうでも良かった。

貧乏は貧乏で不便なことは沢山あったし、面白いことも同じくらい沢山あった。金持ちも同じだった。少し違うのは富には貧の気持ちは分からないが、貧には富の気持ちが分かるということであった。富や貧と「ホッ」とは全く別物であった。

僕が八歳になった昭和四十年が暮れようとしていた。

この年のクリスマスと正月は全く覚えていない。日々の生活に追われきっと気が付かなかったのだろう。いや、気付いてはいたがそれどころではなかったので誰も言い出せなかったのかも知れなかった。

この頃母がよく言った。

「ゆっくり歩け、空を見ろ」

空は抜けるほど高い青空もあれば、どんよりと一日中灰色だけの空とか、夜と区別のつかない暗い空とか、実に様々な種類の空があった。しかし眩しいほどの青空の彼方にも必ず真黒の宇宙がありいつも地球を包んでいるのだ。

母はこうも言った。

「多くを所有するな、持てば持つほどもっと持ちたくなる。そんで、最後は失《な》くさなければならないぞ」

彼女は入り組んだ人間付合いや、小難しい理屈などをなるべく避け、実に質素にかつ分相応に生きていた。

誰かが誰かや何かを永遠に所有し続けることは不可能である。しかし人は欲しがる。人の欲には限りがなく、欲に目がくらんで時々自分自身をも見失う。こぶとり爺《じい》さんに出てくる意地悪爺さんのように。

失くすのは悲しいことだ。失くして初めて分かるのだ。

節分がきた。

僕ら子供達は、牟田町あたりの景気のいい店から撒《ま》かれる、豆や餅《もち》や小銭を拾いに行き、僕は豆二袋、餅三つ、小銭を七十六円拾って帰ってきた。

その夜母は中古のラジオを買って来た。トランジスタかゲルマニウムかは記憶にない。母は仕事から帰るといつも焼酎《しょうちゅう》を二杯たて続けに呷《あお》り、ラジオを点《つ》けた。

スピーカーからその頃流行《はや》りのヒット曲が流れた。歌手の名前は忘れたが、哀《かな》しげなサックスの前奏にあわせて、甘く切ない擦《かす》れ声が流れて来た。

生きてるかぎりは　どこまでも
探しつづける　恋ねぐら
傷つきよごれた　私でも
骨まで　骨まで　骨まで愛して　欲しいのよ

母はもう一杯、まるで自分自身をも飲み干すように焼酎を飲んだ。

「……よか歌やね……」

母は溜息《ためいき》のようにそう洩《も》らした。母の目尻《めじり》はスポイトで垂らしたように涙で膨らんでいた。

＊

「もし、もし、おい、もし！」

遠くで誰かの声が聞こえている。

「どうかしやったんかい。おい……もし……」

声は続いた。少し嗄《しわが》れた年老いた声である。何か言っている。どこかで聞き覚えのある声。どこだろう？

誰だあんたは。父か。北村か。

「もし」

誰かが僕の肩を揺すった。

ふと我に返った。目の前に皺《しわ》くちゃな老人の顔があった。僕は思わずギョッとした「あっ」と叫んだ。にべも無い現実が飛び込んで来た。それはまさしく今ここにある現実だった。

目の前には納骨堂の墓守の老人が立っている。

そうだ僕は三崎町の北村が眠っている納骨堂に来ていたのだ。一体どれくらいの間物思いに耽《ふけ》っていたのだろう。

「さっきから、何か、あんたぼおっとして、何分も経《た》つとよ……」

老人が僕の疑問に回答してくれた。

「どげんかしたとね。気分でも悪いとね……」

「いや、何でもありません。平気です」

僕は軽く笑った。笑い声が自分のものでは無かった。

老人は更に訝《いぶか》しげに僕を覗き込み小首を傾《かし》げた。

「あんた。英次さんとは、どげな間柄やっとね」

三秒、沈黙。

「……父が、そう、父が北村さんに大変お世話になりまして……」

口が勝手に喋《しゃべ》った。嘘《うそ》のつける口に感謝した。でも少し後悔した。父といって今の父―東国原利夫《ひがしこくばるとしお》を思い出したからだった。東国原は北村に世話になったことなど無い。それとも父というのは北村のことか。北村が北村に世話になったというのか。馬鹿《ばか》な。嘘の父は一体どっちの父なのだ。僕らを捨てた父か、それとも僕らを拾った父か。

「あぁ、そうね……」

人の良い老人は素直に信じたみたいだった。ホッとした。

「英次さんな、顔がそら広かったかいね。そんち世話好きやったかい、そこいらへんの人がだ《だれ》いもか《かれ》いも、あん人にゃ世話んなっちょるとよね。あたいたちもあん人には、まこち良うしてもろた。あんな良か人が無縁なんちなるとはね。どっかおかしいがね
……こん世の中は……」

……む・え・ん……

「どうして、また、無縁仏に?」ぼくはできるだけさりげなく訊《き》いた。

「知らんとね。そうじゃろうね」

老人は一回深呼吸をし、訥々《とつとつ》と語り始めた。

「あん人は、ついちょらんかったとよ……運がわりかったとよ。良か人やけん利用されてしもって……良か人は運が悪いけんね……」

「運、ですか」

僕はいつか母が僕に話してくれた運の詰まった玉手箱のことを思い出した。

「あん人は元々ここの出やから。在家はこっからすぐん所よ。元々北村家はたいした分限《ぶげん》者でね、そりゃ立派やったよ。小作人を何百人使うちょったろうかね。土地《ち》も山もここらあたりは大体北村さん家の土地やったですもんね。終戦の農地改革で大部分取られてしもうて、英次さんは末っ子やったけど、男は一人やったから、跡取りちゅうことやったね。英次さんな、盗られてしもうた土地ば、取り返すっとじゃちゅうて都城に出て行ったとですよ。頭《びんた》も良かったし、器量もあったから、絶対成功すっじゃろとみんな思うちょったっとですがね。初めんうちは羽振りがそりゃあ良かったですよ。あたいらもよう御馳走《ごちそう》になってですよ。英次さんの話はおもしりし、剽軽《ひょうきん》じゃから楽しかったですよ。ここいらん若い衆はみんな大将、大将ちゅうて慕っとったとですよ。気さくでまこち良か人やったんですが、人間良か日ばっかいじゃなか。鹿児島ん方の山に手を出して失敗して、誰かの保証人になっせぇ逃げられてしもうて、とにかく金の桁《けた》が違うですからね……そっから何も覚束《おぼつか》んごとなったごたるですね。自分名義の土地家屋は全部取られっせぇ、何でも親父《おやじ》さん名義の土地まで手を出したっちゅうんで、勘当になったとですよ」

「すいません、それはいつぐらいの話ですか」

「さぁ、いつぐらいやったろうか」

老人は空中で頬杖《ほおづえ》をついた。

「昭和四十年過ぎあたりからかね。たしか都城《みやこんじょ》の家が火事になったあたりからじゃなかかね」

僕が八歳の年だ。

「すみません……それで……」僕は話の先を促した。

「そいかいは、北村家はあんまりパッとせんかったですよ。他に親戚《しんせき》筋や姉さん達もおいやったですけど誰も英次さんを助けんで、誰も英次さんには近づこうとはせんかったですよ。いざとなったら、みんな冷たかですね……良か時は皆持ち上げて、悪うなったら屁《へ》もひっかけん。世間なんちそんなもんですかね……」

「英次さんには奥さんとか、お子さん達はいらっしゃらなかったんですか」

心臓が脈打った。

「ああ、おいやったですよ」

「えっ」僕が思わず声を出したので、老人は驚いたみたいだった。

「じゃけんど、別れやったですがね……」

「別れた。いつ頃ですか」

「いやぁ、いつやったろうか……何か都城の方に良か女《おなご》ができたちゅうて、家に帰って来んようになったとですよね……」

「良かおなごと言いますと……」

「なんでん、山之尾で知り合《お》うた都城の牟田町の美人《べっぴん》さんやってもっぱら評判でしたがね。あたいたちは、芸妓のおなごどんに、うつつをぬかせっせぇ英次さんも焼きが回ったんかね、なんち噂《うわさ》しよったですよ」

よかおなご……芸妓の女……母のことに違い無い。

父と母は「山之尾」で出会ったのか。

それにしても母は自殺の名所の「山之尾」に一体何をしに行ったというのか。

「英次さんとその女性は『山之尾』でお知り合いになられたんですね」

「あんまりはっきりとは分からんけど、なんでん、そん女《ひと》が身投げすっとこを英次さんが止めやったらしいですがね……」

衝撃だった。母が投身自殺を図った。一体どうして？　母もその時自分自身を見失ったのか。それ程苦悩していたのか。

北村があの吊《つ》り橋を切れなかった理由が何となく理解できたような気がした。

「とにかく、その女性が原因で、離婚されたと……」

「そいばっかいじゃなかっと思うけんど、いろいろあったかいね」

僕は思い切って訊いてみた。

「タミさんて御存じですか？　山之内タミです」

老人は全身で驚いた。

「あんたなんでタミちゃんのこと知ってるとね」

「い、いや、あ、あのぉ、タミさんにも父が生前お世話になってまして……」

何とか誤魔化した。

「あんたのお父さんも亡《な》くなられやったとね」

作り話とはいえついに父まで殺してしまった。確かに北村は死んでるけど……。

「あっ、はぁ、まぁ…」しどろもどろであった。

「………？」

老人はなんだ知っていたのかという風に続けた。

「実はねタミちゃんが、英次さんの妾《めかけ》やったとですよ。こんこつを知ってるのはここらあたりじゃもうあたいしかおらんですよ。実はですよ、タミちゃんとあたいは同級生やったとですよ……尋常小学校の……今の上長飯小学校の」

「はぁ」

世間は狭いもんだ。

「世間て、狭かもんですね」老人は僕が思ったことをそのまま言った。

「英次さんな、タミちゃんに心底惚《ほ》れちゃったですよ。若えし、べっぴんさんやったし、気立ては良かったしね。飲ん方《のみかい》をする時はいっつもタミちゃんのこつばっかい自慢しやって、良かおなごや、良かおなごやち……俺《おい》のするこち何も口出しせん、べっぴんやし、贅沢《ぜいたく》せんし、いっつもおいのこつ待っちょってくれてる。いつでん、何時でん、おいが何してんおいのこつだけを待っちょってくれる港やって言いやってたですよ。そいでいつかは……いつかはタミんとこに帰ろうと思うちょると……タミんとこで死にたいち……言うちゃったですよ」

北村がタミのところで死にたいと言ったというのか。本当か。本当に本当か？

僕はジンとした。足の先あたりから何かが井戸水のようにこみ上げてくるのを感じた。

「英次さんな、いっつもタミちゃんと二人の子供さんの写真を持っちゃったですよ。タミちゃん達と別れやってからも、ずっと持っちゃったですよ。け死ぬまで……あたいらには絶対見せてくれやらんかったですよ。おまんらに見せると腐ってしもうから見せんち……笑っちゃったですけど、焼酎を飲むと、子供に会うごたる、子供に会うごたるって泣きやったですよ。子供に会うごたるって、子供は元気かねって、どげんしよっとかねって……ワンワン人前でも憚《はばか》らんと泣きやったですがね……」

「…………」

言葉が無かった。どこにも見つからなかった。見つかったとしても何も喋れなかったと思う。喋れたとしても込み上げる涙できっと掻《か》き消されただろう。

信じられなかった。北村がそんなにまで僕らのことを思っていたなんて。

微風が僕と老人の間を通り過ぎて行った。霜降りの風だった。

僕も子供に会いたかった。

「父の、いや、英次さんの奥さんとお子さんについてもっと訊きたいんですが……」

「別れやったおかた奥《さん》ですか」

「ハイ」

「別れやってからのことは、わからんですね。なんでん《どうやら》県外に出やったと聞いちょったですけど、詳しいことはもう誰も知らんと思いますよ」

「お子さんは」

　それを訊いてどうしようというのか。もし分かれば所在を突き止めて会いにでも行こうというのか。腹違いの兄姉に……話が拗《こじ》れるだけだ。兄姉に会いに来たのではない。北村に、父に会いに来たのだ。否《いな》、自分自身に会いに来たのだ。

「それも分からんですね。娘さんが三人おいやったですけど、女の子ばっかいやったですから、男の子が欲しかったみたいやったですね。でん、生きとってももう六十や七十でしょうね」

　僕は、六十歳や七十歳の腹違いの姉のことを想像してみた。母といってもいいくらいの年回りの異母姉、実感がわかない。うまく想像できない。浮かんでくるのは、おりんさんとかおタカさんのことばかりであった。

「離婚されてから、英次さんはどうなされたんですか」

「タミちゃんと一緒になるっちゅう話やったけど、タミちゃんとも別れてしもうて、何か他のおなごを後妻にしたち聞いちょったですけど……そんおなごに殺されたようなもんですわ。あんまい女を吼《ほ》やすっと、しっぺ返しが来っとですよ。そいからはいったんこっちに帰って来ちゃったですがね」

「………」

「それからすぐやったですよ。親父さんとお袋さんがバタバタって逝《い》かれて、ちょいちょい都城市の取り立て屋やら、ごろつきどもがこの辺にもうろうろ来よったですがね。何度か警察沙汰《ざた》にもなったりしよったですけんね……英次さんな一時どっか福岡の方に雲隠れしやったけど、じき、ふらっと帰って来やったですよ……そんときはなんかこう見窄《みすぼ》らしかって、あたいらもひった魂消《おどろいて》がって、見るに忍びねぇっちゅう感じやったですがね」

＊

昭和四十一年の二月十日、母は三十七歳になった。

僕と母と姉は、例の荒《あば》ら屋でくる日もくる日も土のような布団《ふとん》に、犬のように眠った。母の体温で暖を取り、数々の夢を見たが、万華鏡《まんげきょう》の夢は一度も見なかった。

眠れない夜は本を読んだ。大抵は偉人の伝記か童話だった。偉人の伝記はどれもこれもわざとらしくて詰まらなかったが、童話は何回読んでも面白かった。なぜ狼《おおかみ》が赤ずきんちゃんを先回りしなければならなかったのかとか、なぜ狼が子豚達が作った家を破壊しなければならなかったのかについて等、あれこれ考えていると朝になることもあった。

四畳半の日常にも外の便所にも慣れ、台所のキノコを見ても無感覚になり、傾めの天井に愛《いと》しさすら覚えるようになったある日、炬燵《こたつ》の上に一通の手紙が置いてあった。母が仕舞い忘れた手紙だった。

タミさんお元気ですか。僕も元気です。

僕などと書くと、はずかしいです。この前行ったサボテン公園わ、楽しかったです。

タミさんがサボテンのことくわしいので、大変ひったまげました。

きっとサボテンの花が咲いたら、タミさんのようにべっぴんさんでしょう。

タミさんが作ってくれた弁当わ、大変うまかったです。

おいが買って行った、たこ焼きは冷えていてあんまりうもうなかったですね。また一しょにサボテン公園に行きたいです。

じつわ、おいは、タミさんに子供が二人居ることを橘さんに聞いて知っていました。

今度は子供達も一しょに行きましょう。おいも合いたいです。

それでわさようなら。　利夫。


初歩の日本語講座のような文章だった。間違いが幾つもあった。差出人のところに、「東国原利夫」という聞き慣れない名前が書かれてあった。

驚いたことが二つあった。一つはあんな料理下手な母が弁当を作ったということ。もう一つは母がサボテンに詳《くわ》しかったということ。

発見したことが二つあった。一つはこの手紙を書いた人物が誠実そうであるということ。もう一つはどうやら二人はまんざらでもない関係であるということ。

僕が後日、母に手紙の誤字を指摘すると、母はきっぱりと言った。

「字なんち、どげんでん良か。大事なんは、心じゃけん」

母が選んだ新しいパートナーに会ったのは、それから何ヶ月か経《た》ったある晴れた日曜日のことだった。

母が珍しく映画でも観《み》に行こうかと切り出した。珍しくと言ったがよく考えてみると母と映画を観に行くなんてこれが初めてであった。僕は天気がいいから、空地でサッカーをしたいと言っても聞き入れてくれず、とにかく行こうと僕と姉に一張羅の余所《よそ》行きの格好をさせ、自分もどこで調達してきたのか分からなかったが、年甲斐《としがい》も無くフリルのワンピースを羽織り、そよそよと出掛けた。フリルが風に嬉《うれ》しそうに踊っていた。

実はその日、朝起きた時から母はそわそわと落ち着きが無かった。狭い部屋の中を熊《くま》みたいに歩き回っていた。いつもより数段美しく、艶《つや》っぽかったのでその日が彼女の人生の記念日になるだろうことは容易に想像できた。というのも僕はこれまで彼女の人生の数々の記念すべき一シーン一シーンに立ち会って来たため、彼女のドキドキはいつでもそのまま表情に表れるという癖を完全に読み取っていたからだった。

母が観ようと言った映画は、高倉健の『日本侠客伝《きようかくでん》』。幼心に考えても、とても子供が鑑賞する映画では無かった。

映画館の前で待ち合わせをしていたらしかった。その人は丈の長い背広をハンガーに吊《つ》るされたように着、廊下に立たされた小学生のように切符売場の前に立っていた。

僕はその姿を見た時、あの手紙を書いた人だということは直《す》ぐにピンときた。母よりは幾分若く見える。緊張のためか眉間《みけん》のあたりが硬直し、刃物のような印象を僕に与えた。手にはどこで買ったのか温かそうなたこ焼きを四つ、まるで取引きをするように抱えていた。

僕と姉が母に隠れるようにして近づいて行くと、彼は僕と姉の方にとびっきりの笑みを投げた。それはきっとこれまで彼が作ったことのない実力以上の顔と見え、笑みは最早《もはや》泣き顔と化していた。

母が僕と姉の名前を逆さまに紹介した。僕を栄子と言い、姉を英夫と言ったのだ。母もその人も上がっているのかそんな単純な間違いにお互い気付かず、その人はその後も何回か僕のことを栄子ちゃん、姉のことを英夫ちゃんと呼んだ。

僕は母に促され、

「こんにちは、はじめまして」

と国語の教科書のような挨拶《あいさつ》をした。彼も同じように頭をペコリと下げ、

「はじめまして、私が東国原利夫です」

と会社の面接を受けるように言った。少し上擦った声とズボンの横の縫い目にピタリと合わされた左手の指先が、手紙通りの、彼の誠実さを表していた。

母はその時何か言いかけたが、あわてて止めた。母は何を言おうとしたのか。

その後僕らは連れ立って映画館の中に入った。母は売店で、奮発してポップコーンとサイダーを僕と姉に一セットずつ買ってくれ、あたかもそれが当たり前のように僕らに微笑《ほほえ》んだ。僕は一瞬背中に寒いものを感じた。

映画館の中は意外と空いていて、僕らは自由に席を選ぶことができた。あたりは薄暗く、淫靡《いんび》なBGMが充満し、饐《す》えた臭い、非常階段を示す緑のランプ、丸時計、地元のスポンサーの名前が刺繍されたカーテン、それら全《すべ》ては僕に時間の感覚を麻痺《まひ》させ、外界とは違う全く非現実的な世界へ誘った。正面にはテレビの百台分もあろうかという巨大なスクリーンが、未来への入口のように大口を開いていた。きっとスイッチが入ると僕はその中にたちまち吸い込まれ、少し大人になって出て来るのだ。

席は横一列に母、姉、僕、その人、の順に座った。どうしてそういう順序になったのか分からなかった。何故《なぜ》僕がその人の隣なのか納得がいかなかった。じゃんけんで決めた訳でもなかったしフェアじゃない。多分仲の良い家族というものはこういう場合両親が子供を挟んで座るものだという曖昧《あいまい》な常識が、僕らの潜在意識の中にあったに違いなかった。そしてそれを許容したということはとりもなおさず、その人が新しい家族の一員になることを暗に了解したことにほかならなかった。

映画はなかなか始まらなかった。

彼は小声で僕に何か言った。それは、ここで何とかコミュニケーションをとらなければ、といった使命感に満ちたものだったので却《かえ》って僕を緊張させた。

「え、栄子ちゃん、あっ、ひ、英夫君のことは、ひ、英夫君のお母さんから、ちょくちょく聞いちょっとよ。頭《びんた》が良くて、絵も上手ってきいちょるよ」

彼は頬骨で笑った。

僕は返事もしなかった。彼はそれっきり何も喋《しゃべ》らなくなった。映画が始まりそうだった。

静寂の中で彼の不規則な息づかいや鼓動が、津波のように耳に押し寄せた。僕はリラックスする為に、その人から貰《もら》ったたこ焼きを一つ頬ばろうとしたが止めた。映画の予告が始まっても僕らは誰一人としてスクリーンに集中などしていなかった。それどころではなかった。新しく造られようとしているこの奇妙な家族が持つ空気の重圧に押し潰《つぶ》されまいと必死に抗《あらが》っていた。

僕は母が選んだ人生に乗るか乗るまいか決めるため、頭の中に鉛筆を立てていた。

やがて映画の予告が終わり、スクリーンの両側のカーテンが「さあ、始まるぞ」といった具合に目一杯開き、本編がまさに始まろうとするちょっと前、三、二、一、というカウントダウンの数字が画面に映った。それは今まさに僕らがスタートさせようとしているちゃんとした家族の始まりのカウントダウンでもあった。

数字が、一、〇、となった時、鉛筆が倒れた。

鉛筆の芯《しん》は彼を指していた。

いつ頃からだったろうか、その辺は記憶が模糊《もこ》としているのだが、僕らとその人はとても自然に一緒に暮らし始めた。まるで季節が変わるみたいに……。

僕らはそれまで住んでいた部屋から、彼が借りていた見窄らしい一軒家に引越した。見た目こそ見窄らしかったが、前よりは広く使い勝手も良かった。彼は母より八歳も年下だったにも拘《かか》わらず一応一軒家を借り、食器や家具や電気器具の類を一通り揃《そろ》えていた。どれもこれも男の趣味では無さそうで、まるで昨日買い揃えたようにしっくりきていなかった。注意して見ると家全体に生活臭がしなかったし、とても一杯一杯な感じがした。もしかするとこの家は僕らを迎え入れる為に彼が無理して借りたものかも知れなかった。何はともあれ僕らにとって救われたのは、台所のキノコ、くぼんだ畳、屋外の便所等から解放されたことだった。

まずまずの暮らしが始まり、それから暫《しばら》くの間僕らは平穏で実に平均的な生活を送り続けた。どの日がどの日だか識別がつかないくらい平凡な日々。母はとても満足そうだった。母は、争いごとのない安寧な毎日の繰り返しがどれほど貴重なものか、嫌という程知っていたのだ。

東国原利夫という人物は、真面目《まじめ》さと優しさ以外何も取り柄のない男であった。しかし母はそれらに一番飢えていた。彼は才能が無い分ただひたすら働いた。来る日も来る日も機械のように機械の前に立った。あたかもそれが彼の唯一《ゆいいつ》の存在理由であるかのように。

彼は大島紬《つむぎ》の織師だった。中学を卒業すると同時に織元に丁稚《でっち》奉公として入り、わき目もふらず働いてきたと言う。朝八時から夜七時までまるで地球の自転のように働いた。日曜も祝日もない。残業で十一時や十二時になることもざらだった。それでも終わらないと糸を家に持ち帰り、杼《ひ》に巻いて明日に備えた。

一度彼の職場を訪れたことがあった。僕が織師や染物師の仕事を見てみたいと言うと彼は珍しく微《かす》かに笑顔を見せ、僕を織元に案内してくれた。工場は思ったより広く、鰻《うなぎ》の寝床のような建物の中に、二十機くらいの織機が並んでいて、丁度その真中あたりの少し大きめの手機《てばた》が彼の機だった。伝統工芸なので勿論《もちろん》手織りである。織師はそれぞれ自分の身長や腕や足の長さに微調整された手機を使う。手機の並ぶ順序には意味があり、奥から年季順ということになっていた。つまり彼は中堅どころというところか。こういう序列はどういった世界にもあるもので、一番手前の機から彼の機までは実際の距離は二十メートルもなかったが、現実の修業の距離は途方もなく遠いのだろう。おそらく彼は毎日毎日機に座って不平ひとつ言わず、一機一機座る席を中へ中へと詰めていったのだろう。八歳も年上の少々気の荒い妻や、その妻が連れてきた贅《ぜい》沢《たく》慣れした二人の子供達に何ひとつ不平を言わなかったように。

彼が手機を織る手捌《てさば》きは実に見事だった。芸術的と言ってもいいくらいだった。目にもとまらないスピードで杼が舞い、縦糸と横糸が縦横無尽に行き交った。併《あわ》せて右手と左手と右足と左足が一瞬一瞬それぞれ別々の動きをし、それが何度も何度も繰り返されて平織りの反物が出来あがって行くのだ。反物には他に斜文織りや繻子《しゅす》織り等があったが、彼のは大体平織りだった。約一ヶ月かけて織られた反物は、出来あがると事務所に掛け軸のように掛けられ、柄や糸の組み合わせや織り斑《むら》などの細かいミスが厳しくチェックされた。より完璧《かんぺき》なものがより高値で売れる。当たり前の経済原理である。彼の作品はよく展示会に出品され売られていた。彼は自分の作品にミスが無いことが分かると静かに煙草《たばこ》を燻《くゆ》らせ、反物をまるで自分の人生のようにいつまでもいつまでも見つめていた。彫りの深い目、太い眉《まゆ》、尖《とが》った顎《あご》、頬骨から首あたりまでの線が鋭角的に削られている。そう言えばどことなく北村に似ていた。母はこういう顔立ちが好みなのか。この一見強面《こわもて》の中に潜む限りない優しさについて僕はこれまで幾度となく推察してみたことがあった。結局これといった結論は出なかったが、守るべきものを自分で選び、自分の決断に対し忠実かつ誠実に生きようとする姿勢から滲《にじ》み出てくる優しさ、そういった種類のものであることは確かだった。

やがて母も東国原の職場で働くようになった。最初は下働きだったが、いつのまにか薩摩絣《さつまがすり》の織女になっていた。紬ほどではないが絣もなかなかの技術と手間がかかった。矢絣や蚊絣などの彼女の反物は初めのうちはお粗末でものにならなかったが、そのうちぽつりぽつりと買い手がつくようになった。

母はそれまで着物を着る側だったが、いつのまにか織る側にまわっていた。しかし母は幸せそうだった。やっと安らげる場所を見つけられた人が持つ何ともいえない穏やかな表情を顔に付け、毎日を過ごしていた。

姉はこの頃、それまで通っていたミッション系の学校から公立の学校へ転校した。彼女は僕とは違い、できるだけ少ない友達とできるだけ少ない会話で日々を過ごすようにしていた。

東国原は仕事以外これといって趣味も特技も持っていなかった。勿論女道楽なども

って の他で、とりたてて消費も浪費もしない。作品が売れるとその給金は茶封筒のまま母に渡し、そこから幾ばくかの小遣いを貰っていた。その小遣いも煙草代以外余った金はまた母に返すといった律儀《りちぎ》さで、北村や僕とは全く真反対の性質であった。彼は仕事が終わると真《ま》っ直《す》ぐ家に帰り、母が注ぐコップ一杯の焼酎《しょうちゅう》を満足そうにゆっくり飲み干した。彼は一杯だけだったが母はいつも三杯は飲んだ。母の酒が進むと時々お酌をしてやったりもした。そして母が作った鹿《しか》の餌《えさ》のような抓《つま》みを美味《うま》そうに食べた。

母は愛されていた。すごく実直な愛だった。本当の愛だった。

僕はそういう彼自身にことさら不満は無かった。いや、無いと思い込ませようと努力していた。家に庭がないことも、バーベキューができなくなったことも、うさぎ温泉でローラースケートができなくなったことも、『たなか』に行けなくなったことも……。

最も厄介だったのは名前だった。

三年生の二学期から苗字がそれまでの山之内から東国原に変わった。「ひがしこくばる」と読む。複雑な苗字である。誰も一回で正しく読んでくれなかった。それ住所? と訊《き》かれたこともあった。名前なんか単なる符牒《ふちょう》だと思ってもそうはいかない。

突然名前が変わったのでクラスメイトは皆奇異な目で僕を見た。無理も無かった。何人かの友達に茶化されたり冷やかされたり、時には教科書を隠されたりもした。そんな日は一日中顔を上げられなかった。家に帰り母に八つ当たりをしたこともある。母と僕の口論は昂《たかぶ》りつい言ってはならないことを言ってしまうのだ。

「こげな名前なんち、いらん」

「何を言うとか」

「やっぱい、前の家が良かった。北村んちに帰ろごたる」

「何を言うとか、今さら」

母は哀《かな》しげに髪を掻《か》き毟《むし》った。

「いまさらもくそも、母ちゃんが勝手なことばっかいするかい、僕と姉ちゃんが苦労ばっかいする」

「…………」

「母ちゃんは、勝手に人を好きになって幸せかも知れんが……僕やら姉ちゃんはたまったもんじゃなか」

「…………」

「…………」

睨《にら》みあう母と子。

母の目には紅い涙が滲《にじ》んでいた。僕も泣きたかった。泣いて喚《わめ》きたかった。そうすれば少しは前に進めそうだった。

「戻りたきゃ。戻れよ……そげんして、あんわろ《あいつ》と一緒に、け死んじまえ！」

「ああ、戻るよ。戻るよ」

「ううう……」

「…………」

「母ちゃんな、哀しいよ。あんたたちにゃ、いらん苦労ばっかいかけとると思うちょるよ。すまんと思ちょるよ。いっつも、すまん、すまんと胸の内で言うちょっとよ……あんたから、半分血をぬきたかよ。北村の血をじぇんぶぬいてしまいたかよ。でも、できんもんね、そげなこと。でもしたかよ。でもできんもん。できんもんは仕方なかとよ」

僕は結局、北村のところへは戻らなかった。嫌なことがあると、一人で「山之尾」の滝に行き、スケッチブックにあの吊《つ》り橋の絵を描いた。吊り橋はそのままだった。何枚も何枚も……時には夜になっても描き続けた。

僕はこの頃、外敵から自分を守る手段として、成績優秀というバリアを張ることを決めていた。有無を言わせない圧倒的成績がきっと僕を守ってくれるに違いないと信じていた。『たなか』の姉さん達の匂《にお》いのように。

お陰で、国家の子を育成しようとするだけの無能な教師達は、僕に有能とか俊才とかいう称号を持ちきれない程与えてくれたが、代わりに僕は幾つか重要なものを無くした。具体的に言えば、澄んだ空を謳歌《おうか》する気持ちとか風を素直に感じる心とか人の死を心から悼《いた》むといった、抽象的だけど何か真っ直ぐなもの……上手《うま》く説明できないが、周りの「風景」とかそういったものを感じる心だった。

東国原と母は長い時間をかけ、力を合わせ丹念に、まるで機を織るように堅実な生活を送り、ささやかではあるが確固たる家庭を織り上げて行った。縦糸が東国原で横糸が母、彼らは折り重なるように暮らし、永遠の反物を織り続け、やがてどこから見ても遜色《そんしょく》の無い屈強で鷹揚《おうよう》な作品を仕上げていった。時間が経《た》つに連れ僕は、それに対して敢《あ》えて邪魔したり批判的になることも無くなり、時には笑い時には泣きながら新しい作品の一部としてとりこまれていった。

あれは僕らが一緒に暮らし始め、一年以上も経った小学四年の終わり頃だったと思う。何を思ったか東国原が突然「一緒に風呂《ふろ》に入ろう」と言い出した。

僕は気恥ずかしくて何度か断わったが、東国原は意外と真剣で断わっても断わってもしつこいので最後は僕が折れる形になった。その頃、まだ五右衛門《ごえもん》風呂だったので、風呂釜《がま》に背中や尻《しり》が触れると火傷《やけど》するくらい熱いので、二人同時に入るとなると身体《からだ》と身体を抱き合うようにピッタリとくっ付けなければならなかった。肌と肌がくっ付いていると、何か妙に気持ちが悪く、彼の肌が何か得体の知れない生物のように思えてくる。ざらざらした大人の肌は僕にピッタリ貼《は》りつきざらざら感を伝染させた。そういえば僕はそれまで一度も大人の男の人と肌と肌をくっ付けたことが無かったことに気付いた。うさぎ温泉でも北村とは決して肌を合わせることは無かった。

洗い場で彼が僕の背中の垢《あか》を擦ってくれたので、お返しに僕も彼の背中を擦った。ドラム缶のような背中だった。筋肉が幾筋も通っていて擦る度にピクピクと海底生物のように痙攣《けいれん》した。しかしその背中はとても逞《たくま》しく、僕と姉と母の人生をまるごと背負い、どんなことがあっても支えていく決意に満ちているように思えた。

それまで何も喋《しゃべ》らなかった東国原が背を向けたまま突然僕に言った。

「……すまん……」

「何が？……背中をこするくらい、簡単やよ……」

僕は彼が言った「すまん」が示す本当の意味は解《わか》っていたが、敢えて白を切った。

彼はもう一度、今度は小声で「すまん」と呟いた。

少しの沈黙。僕は白を切ったことを後悔した。素直に「あやまることなんか、ないよ」と言えば良かったのだ。でも言えなかった。

「あ……」

彼は一瞬僕を見、すぐ目を逸《そ》らした。

そして今度は僕の正面に向き直り、小さくなった石鹸《せっけん》を糸瓜《へちま》に擦り付け、僕の足やケツを再びごしごし擦った。まるで僕についた北村の垢を擦り落とすかのように。

東国原は泣いているようだった。

僕も何故《なぜ》だか涙が込み上げてきて、このままだと涙が本当に零《こぼ》れ落ちそうだったので、慌《あわ》ててお湯を身体にかけ石鹸を流し、湯舟に飛び込み、悟られないように頭から潜った。ゴーォという水中の音がした。顔が熱かった。目を開けてみたがぼやけて何も見えなかった。段々苦しくなり息を吐いてみた。ゴボゴボと気泡がたち、たちまち上の方に消えていった。やっぱり涙が出て来た。お湯の中でもはっきり分かった。風呂の中に潜って泣いている奴《やつ》なんて世界中捜したっていやしない。

僕は潜ったまま風呂釜の外に向かってそっと「お父さん」と言ってみた。僕が吐いた「お父さん」は、幾つかの気泡となってあっという間に水面に消えて行った。

この頃僕は最新式の自転車が欲しかった。キャリアの先端にオレンジ色のかっこい い電球が六個並んでいて、それは方向指示器なのだが、ハンドルの手元のスイッチを Rにスライドするとレーザー光線のように右方向に点滅し、Lに入れると左方向に点滅するのだ。前輪のスポークの中心部にはバネ式のアンテナがついていたし、前後ドラム式のブレーキだったし、五段変速だったたし、どこをとってもスーパーかっこいい奴だった。

ある日、母にそれとなくねだると、新聞の勧誘を断わるように断わられた。それでも諦《あきら》めずせっつくと、新聞配達に使うような東国原の黒い自転車の荷台の先端に、六〇Wの裸電球を一個付けてくれた。これでどうしろというのか、方向指示器でもなんでも無い。電球は光りもしないし、もし光ったとしても蛍じゃないんだから……とてつもなくかっこ悪い。夜、荷台に裸電球を光らせて走っている自転車。そんな姿を友達にでも見つかったら……想像しただけでも身の毛がよだった。

そんなある日、何と東国原が僕の欲しかったまんまの自転車を買って来てくれたのだった。相当無理しただろうことは想像に難く無かった。信じられなかった。本当に信じられないことが世の中では起きるものなんだ。気絶するくらい嬉《うれ》しかったけど、嬉しさをどう表現していいか分からなかった。具体的にありがとうを何回くらい言えばいいのか。どういう風に言えば良いのか。結局僕は一回も言えなかった。いざ言おうとすると、照れ臭くて死にそうだった。

自転車は、眩《まぶ》しかった。東国原が跨《また》がってみろというので恐る恐る跨がってみると、流線型のサドルが、股に感じたことのない生命感を伝えた。ハンドルを握り、スイッチをRに入れると自転車屋で見たように「ウィーン。ウィーン」と唸《うな》った。夢のようだ。僕は心の中でそいつに「流星号」という名をつけ「流星号！」と何度も心の中で呼んでみた。流星号はその度に僕以外には聞こえないように「ハイ。御主人様！」と返事した。

東国原が流星号を実際に運転してみろと勧めたが、少し怖《お》じ気付《け》いた。まだこのメカを乗りこなせる器では無いような気がした。すると僕のかわりに東国原が跨がり、僕に後ろに乗れと促した。東国原が力強く一漕《こ》ぎ二漕ぎするとキシキシとチエーンを軋《きし》ませ、車体がふわりと宙に浮くように動き始める。流星号は徐々にスピードを上げ、高速ギアに切り替わり、文字通り風を切って疾駆《しっく》した。早い。早い。このまま走り続ければ僕らには永遠に暗い夜は来ない、そう思えた。

下り坂に差し掛かった。東国原が「おいの背中にしがみつけ」と叫んだ。が、どうしてもしがみつけなかった。いざしがみつこうとすると、照れ臭くて死にそうだった。血の繋《つな》がりのない親の背中にしがみつくのは難しいのだ。

下り坂が終わりスピードが弛《ゆる》んだ。流星号と僕らは黄河のように揺蕩《たゆた》った。

突然、東国原が「本当は…」と切り出した。「本当は……子供が欲しかったとよ……」

「…………」

「本当は、おまいげん母《きみんちの》ちゃんに、子供を産んで欲しかったとよ……」

彼が言った「おまいげん母ちゃん」という言葉が心に刺さった。

「産めば良かとに……」

口をついて出た言葉に少し後悔した。自分に妹や弟ができる、母とこの人の子供が僕の妹や弟になる。この人に似た僕の兄弟。何の因果か……。

しかし因果には逆らえないことくらい経験上知っていた。

「それが……できんとよ……」

「…………」

「おまいげん母ちゃんは、子供がもう産めん身体やっとよ……。何年か前、病気で入院したやろ。あん時、子宮ちゅう子供ができるところを取ってしもうたとよ……」

そういえばそんなことを北村が言っていたような気がした。

「じゃから、自分の血の繋がった子はもうできんとよ……ずっと……」

「………」

何も言えなかった。彼が不憫《ふびん》に思えた。働き盛りの健康な男子が、結婚して子供を欲しても現実には叶《かな》わないのだった。

「背中、しがみつけんね。おいの背中にはしがみつけんね。無理も無かよね。知らんおじさんに急に父ちゃんのようにしがみつけって言われてもできんよね……分かっちょいよ……」

「………」

「おいも辛《つら》かったよ。悩んだよ。時間もかかったよ。じゃっど《だけど》ん、おいは英夫君と栄子ちゃんのこつ、今は本当の子供やと思ちょるよ。タミさんが腹をいためて産んだ子なら、おいの子も同然やっち思うちょるよ。かけがえの無ぇ所帯やっち思うちょるよ。そこに帰りたいち思うちょるよ。家族は帰るところやからね。帰るところがないとが一番寂しいからね……」

「………」

「じゃから、おまいげん母ちゃんていう言い方は、もう絶対せんから……ごめんね」

彼の「ごめんね」には心がこもっていた。

流星号はとぼとぼ走っていた。空気の流れは無くなり、洞穴にゆっくり入って行くように日が暮れて行った。さまざまな感情があとからあとから発生し、消え、消えてはまた発生した。

突然、頭の中に教会の十字架のおじさんが浮かび上がった。

おじさんは、正確に言うと、おじさんの周りの人は、父と子についていつもこう言っていた。

わたしたちをお創《つく》りになり　いつも見守ってくださる天の父よ
神のみ子イエス・キリスト　わたしたちの本当のお友達
いつも一緒におられる　栄光は地と天にあり
父と子と聖霊に　初めのように　今も　世々に限りなく
主を誉《ほ》め称《たた》えよ　天にましますわれらの父よ　アーメン

神はいるのか。

父はいるのか。

本当の父は誰なのか。

僕は静かに東国原の背中に寄り添い、両手をそっと腹に回した。彼の背中がピクリと動いた。はずみで彼の指が方向指示器のスイッチを入れた。もうすっかり暗くなった田圃《たんぼ》の道でお尻のあたりがチカチカと眩しく光った。電柱の光で田圃に映った僕らの影をずっと見ていたら、まるで本当の親子の蛍になったような気がした。

北村が僕らの家にひょっこり姿を見せたのは、それから三年くらい経《た》ってからだった。

彼が家の前に亡霊のように立っているのに最初に気付いたのは姉だったと言う。僕は習字の塾に行っていて居なかった。東国原は仕事で居なかった。北村の虚《うつ》ろな目と目が合った姉は金縛りにあったように一歩も動けなかったと言う。北村の全身には覇気がなく、顔は青白くのっぺりし、白髪も増え、見ていて惨《みじ》めだったそうだ。姉はその姿を「死に神」みたいだったと比喩《ひゆ》した。手には三分の一くらいになった焼酎《しょうちゅう》がぶら下がっていたと言う。姉に向かってニタリと笑いかけた時、姉は吐きそうになりながら、やっと出た声で母を呼んだ。

「お母さん。お母さん！」

玄関に母が出て来て、北村と対面した時、母は瞬きもせず、動かなかった。姉は母の呼吸が止まったかと思ったらしい。一分くらい経ってから母の頰を霙《みぞれ》のような涙が一雫《しずく》流れた。母はそれでも瞬き一つせず、握り拳《こぶし》を両手にしっかり握り北村をキッと睨《にら》んでいた。母の口は動かなかったが、全身は雄弁だった。姉は全身で母が何を言いたいか如実《にょじつ》に分かったという。

北村は苦笑いをし、申し訳なさそうに一回頭を下げた。二人が凝視《みつ》めあう時間は長く、その時姉は北村と一度だけ教会に行ったことを思い出した。

北村は一度も僕や姉の学校に来た事が無かった。父親参観日の時、いつも僕らの父の席は空っぽだった。学校の先生もその辺の事情は察しているらしく、別段咎《とが》めることは無かった。何も言われないのが却《かえ》って心を乱した。一度母方の祖父に代理で来てもらったことがあったが、友達に「山之内君とこのお父さんは、杖《つえ》をついちょったね」と真顔で言われ殴りかかったことがあった。

そんな北村が、姉が通っている学校の教会に連れて行けと言うので、恥ずかしくて嫌だったが、あんまり真剣なので連れて行った。すると誰もいない教会の中に一人で入って行き、イエス様の像の前に土下座をし「栄子をよろしう頼みます。栄子をよろしう頼みます」と何回もコンクリの床にオデコを擦りつけた。

その話を聞くのはその時が初めてだった。

何か泣けてきた。

長い時間、とても長い時間、北村と母は凝視め合っていた。

母が最後に吐息のように言った。

「昔のタミは、あんたのタミは、もう死んだとよ」

その言葉が北村の耳に届いたかどうかは知らないが、彼はゆっくり踵を返し、そのままどこかに死に神のように消えて行ったという。

＊

僕は、まだ納骨堂の前にいた。

僕の前には、墓守の老人がいた。

「それからどうしたんですか？」

「そいでも、お袋さんの土地やらまだなんぼか残っちょったから、それを元手にいつまででんぷらぷらしよっても仕様《しよ》ん無かちゅうて、知り合いの伝《つて》で製材業を始めやったんよ」

大工仕事があんなに不器用だった父が製材業を……しょっちゅう壊れた宴会用の縁台が一瞬僕の脳裏を掠《かす》めた。

「残った財産を、都城市《みやこんじょ》にいるたった一人の実の息子に譲りたいって言うちゃったですね。そいが唯一《ゆいいっ》おいの詫《わ》び状やって言うちゃったですよ」

「………」

脳が膨らんだ。

「英次さんな、そん男の子のこつ一番気にかけちゃったですがね。そん男の子にはおいの名前をつけたとやって、英次の英をとって『英夫』ってつけたとやって、それはもう嬉《うれ》しそうに話しておいやったですがね。本当はそん男の子に一番会いたかったとやないですかね。いや、多分そん男の子が欲しかいやったとですよ」

＊

その後も何回か北村は僕らを訪ねて来た。一度は僕が中一の体育大会の日の夜だった。東国原は残業で居なかった。北村は暗闇《くらやみ》からすぅっと現れた。母が応対に出た。外で母と北村が押し殺した声で何か言い争っていた。僕は溝鼠《どぶねずみ》のように身を潜め、全身を耳にし、彼らの会話に耳を欹《そばだ》てていた。辛辣《しんらつ》な言葉で責め立てる母。表情のない声でしきりに詫びている北村。彼は僕を要求していたのか。必要としていたのか。僕の中では、北村が早く帰ってくれることを希求する気持ちと、飛び出して行って北村に会いたい願望とがへとへとになるまで葛藤していた。

北村が次に来たのは、確か市の水泳大会の日、その次は姫城中学とのサッカーの試合の日。いずれもそういう公の行事の後だった。今思うと彼は僕の姿を何処からか人知れず見ていたのかも知れなかった。

母は彼が帰った後必ず、「あんわろ《あぃっ》なんち、け死ねば良かっじゃが」と吐き捨てるように言い、実際、言葉と一緒に痰《たん》を吐き飛ばすこともあった。

「もう、うっとしい。うっこりっくるごちゃる《殺してやりたい》。まっこちぼんのがねぃ《情がない》が。何で今さら、英夫をくれなならんか！　まっこち、何考えちょっとか。うちをみくびっちょるね。表六がっ！」

母はありったけの悪態をついた。

＊

「自殺やったですがね……」

老人は重い荷物を下ろすようにそう言った。

僕は黙っていた。老人の言った意味は分かったが、言葉自体がふわりとしていて実体が無く、手応《てごた》えが掴《つか》めなかった。僕はその言葉をなかなか消化できずにいた。

「自殺やったですよ」

老人はもう一度、今度は自分に言い聞かせるように呟《つぶや》いた。

「………」

「でん、あたいには、どうしてでん、英次さんが自殺しやるようには思えんかったです
よ」

「どうしてですか」

「ただの勘ちゅうとこですけど……」

老人は麦わら帽子の上から頭を掻《か》いた。

「……ただ……」

「ただ。何ですか」

僕は訊《き》いた。

「製材業もまぁまぁ軌道に乗り始めちょったし、都城市の子供さん達に会うのを、そりゃ楽しみにしちょいやったですからね……楽しみっちゅうか、生き甲斐《がい》みたいなんが少しでんある人は、そう易々《やすやす》とは死なんち思うとですよ……」

そう言われてみればそうかも知れない。

「警察も詳《くわ》しくは調べんかったですよ。すぐ自殺やっち判断したですがね。靴も揃《そろ》えっせ置いちゃったげな。仏さんが川下の方で上がってん誰も葬式を出す人がおらんから、製材所の人間とあたいらでこめか《ちいさな》葬式を出したっとですよ」

「ありがとうございます」僕は思わず礼を言った。老人には聞こえなかったみたいだった。

「どこで、自殺を」

「山之尾の吊《つ》り橋ですよ」

一瞬僕の体内の空気が止まった。空気だけでは無かった。時間も思考も……。乾いた午後の空気が拳《こぶし》のように口の中に押し入って来た。

あの吊り橋で……北村が……身を投げた。

僕は断想の一つ一つをゆっくり整理しながら丁寧に積み上げてみた。

彼が愛して止まなかったあの吊り橋。切り落とそうと思ってもどうしても切り落せなかった怨念《おんねん》の吊り橋。彼は自らの意志であの橋桁《はしげた》を越え、遥《はる》か彼方《かなた》の大滝の大蛇に挑んだと言うのか。彼の肉体は大蛇に引き千切られ、舞い、溶け、腹の中で永遠のものになったのだ。魂になったのだ。そして何かに宿ったのだ。箸《はし》か、茶碗《ちゃわん》か、それとも僕か。

考えてみれば、それは彼にしては悪くない幕切れだったように思う。

「いつやったですか、死んだのは……」

過去帳に書いてあったじゃないか……。

「一月の三十日でしたかね」

一月の三十日、一月の三十日、一月の三十日、一月の三十日、声に出さず四回繰り返し、五回目を言おうとした時、老人が言った。

「雪が降ってたですがね……」

雪、雪、雪、雪、そうだ雪が降っていた。

*

この地方はもともと雪はあまり降らない。降ったかと思うと地面すれすれで消えて行く、嘘《うそ》のような雪である。だから積もる雪など滅多にお目にかかれないのだ。

あの日は珍しく積もった。

夕方から降り出した雪は夜になっても降り続けた。夜中に見る雪はまるで天使の羽のように思えた。遠く天空で天使達がふざけあい、背中の羽の細かい羽毛が飛び散るのだ。それが雪となって地上に降りて来て、ありとあらゆるものを真っ白に覆《おお》い、その純白のベールが溶けた時、地上のものは全《すべ》て純粋に生まれ変わるのだ。いつか母がそう言っていた。

　その夜僕は、後二ヶ月に迫った高校受験のため、珍しく夜遅くまで机に向かっていた。

　深夜一時を回ったくらいだったと思う。玄関で物音がした。泥棒かと思って恐々《こわごわ》見に行くと、お地蔵さんのように雪を被《かぶ》った母が立っていた。母は雪を払おうともせず、走ってきたのか彼女の吐く白い息は薬缶《やかん》から出る湯気のようにに荒かった。

　僕の気配に気付いた彼女は一瞬ハッとしたが、すぐさま冷静な面差《おもざ》しに変わった。いや変えたのだった。母の顔は鋭かった。僕がこんな夜中まで起きていることにそれほど驚かない母に僕は驚いた。

　お互い声は出さなかった。どれくらい凝視め合っていただろう。母の目線には有無を言わさないものがあった。表で雪の降る音がした。

　やがて母は猫のように音もなく家に上がり、廊下を経て自分の部屋に幻想のように消えて行った。母が歩いた後には点々と天使の羽が落ちていた。そのことが僕に今見た全てが幻想では無いことを証明していた。

翌日も翌々日も翌々々日も、僕はそのことについて一切喋《しゃべ》らなかった。そうやってその夜の出来事は一グラムずつ記憶から消え、やがてゼロになった。

母はそれから暫《しば》く決してはしゃぐこと無く、ひっそりと生きていた。

＊

空気の色合いと匂《にお》いの微《かす》かな変化が、僕に十月下旬の宮崎の夕方を報《しら》せていた。感覚的には十分やそこらだったが、納骨堂の前にかれこれ一時間近くもいることに改めて驚いた。

老人はいつのまにか姿を消していた。

「堂の中に入って、北村さんの墓参り、しやってすか」と訊かれ、僕はおそらく断わったと思う。父が生前お世話になったと言っておきながら、墓参りしないのは実に不可解な話であった。

彼は僕が北村の実の子であることにとっくに気付いていたような気がした。

正直言って初めから墓に参る気持ちは無かった。彼の痕跡《こんせき》を辿《たど》り、彼の死に辿りついた。それで充分だった。死という距離感が分かっただけで充分であった。それに僕は「妾《めかけ》」の子である。「妾」の子が彼の墓参りなど堂々とできる筈《はず》は無い。そんなに厚かましくは無いつもりだった。それに厳密に言えば、北村が眠っているのはここでは無い。あの吊り橋の下なのだ。

あたりを見渡した。光は若干丸みを帯び、幾分優しくなっていた。眼下の村はその丸みを帯びた優しい光に包まれていた。そしてその光がこの村にはとてもよく似合っていた。

どこからともなく村守りの天狗《てんぐ》様が巨大な団扇《うちわ》で煽《あお》いでいるような不思議な風が吹いた。

誰かに背中をポンと押されたように僕は歩き始めた。何処に向かおうという確固たる目的があった訳ではなかった。ただ何となく、あてもなく、憑《つ》かれたように……このところそういう風に歩いてばかりいた。二十代の初め、ぜんぜん仕事にありつけなかった頃もこうやってよく都会の混沌《こんとん》を歩き続けたことがあった。歩いていれば仕事が落ちていそうな気がした。気がつくと必ず酒場の行き止まりにいた。しかし今は、あの時とは少し違った。

何処をどう歩いたのか全く記憶に無かった。考え事をしていた。出口のない考え事……そいつは後から後からやって来て、なかなかそこから立ち去ろうとはしなかった。そいつらは、どこまでもどこまでも渋滞していた。——原風景を捜し求め一体僕は何をしたかったのか、膨大な時間の中の僕の地歩について、北村との本当の距離、その昔母が「所有するな、失《な》くさなければならないぞ」と言った本当の意味、誰かが誰かや何かを永遠に所有することは不可能であるが、永遠に思い続けることは可能ではないだろうか、それが何を隠そう「絆《きずな》」という得体の知れないものの正体なのではないだろうか——。


いつだったか、母を一度きりおんぶしたことがあった。

そうだ、五年前の春のことだった。その年の春は地中からそっと訪れた。春が来たのに誰も気付かなかったようだった。春は突然春の花を咲かせ始め、人々が右往左往しているのを陰でさも楽しんでいるかのようにそっと笑っていた。

僕は野暮用で帰省していた。何年かぶりに母を見た。朝鮮人参《にんじん》のように凋《しぼ》んでいて、人は誰でも確実に歳《とし》をとるのだと改めて実感させられた。

春の陽射《ひざ》しを浴びながら濡れ縁で世間話をしていると急に差し込みが走ったと蹲《うずくま》ったので、慌《あわ》てて近くの病院で診てもらおうとおんぶしたのだった。

母の身体《からだ》を抱え上げた瞬間、その軽さにたまげた。少し大袈裟《おおげさ》だが発泡スチロールほどの軽さに感じられた。あまりの軽さに三歩も歩けなかった有名な人の挿話が脳裏を過《よぎ》った。

背中にあたる母は、骨ばって弱々しかった。耳元を掠《かす》める苦しそうな吐息も、ともすると春風に打ち消されそうで儚《はかな》かった。人は死に向かおうとする時まず体積が減るのだろう。今のこの母にあの頃の割烹着《かっぽうぎ》を着せたらぶかぶかなんだろうなとぼんやり考えた。

病院の冷たい待合室で五分待った。母はじっと痛みを堪《こら》え、固く口を閉ざしていた。痛いとも苦しいとも不幸せだとも神様のバカとも言わなかった。じっと目を閉じ、閉じた目が皺《しわ》の一部に吸収され、死に神を待つように診察の順番を待っていた。かつて北村が刺され入院した時、「順番があるけんね」と言った彼女の言葉が、僕の心の一番核心的な部分に触れていた。彼女はいつでも順番を待っているのだ。もう待つ必要も無いというのに。

母は癌《がん》と診断された。

春なのに癌である。悲しくて笑ってしまった。

幸い発見が早期であったため大事には至らなかった。しかし「再発の可能性は充分ある」と今まで一度も裏切られたことがないような若い医師が、黒縁の眼鏡を上げ、まるで患者を見るように僕を見た。

母は後日、数時間の手術の末、内臓の一部を摘出され、白い病棟に移された。六畳ほどの無力な部屋だった。彼女は長い眠りについていた。僕は横で本を読んでいた。題名は忘れた。確か、病院近くの廃墟《はいきょ》のような本屋で買い求めた、若い男と老《ふ》けた女の平行線的恋愛を主軸にした、ひどく退屈な内容の本だった。平行線的恋愛。平行線的退屈。平行線だから退屈なのか、退屈だから平行線になるのか……。

薬が効いて眠り込んでいると思った母が、突然、喋った。

「うちは、け死ぬとかね……これまでやったかねぇ……」

数秒、部屋が黙った。

母を見た。瞼《まぶた》は閉じられたままであった。眠っているようでもあった。目は閉じられたまま、再び口が微《かす》かに開いた。消え入るような声だった。

「母ちゃんは……男運は悪く無かったと思うとよ……覚えちょる、英夫君。昔……昔……おまいが母ちゃんに『運はどれくらい残っちょっとか』と訊いたことがあったがね。覚えちょる？　あん時、母ちゃんな、玉手箱の中には、二つ残っちょると思っていたと……一つでは惨《みじ》めやったし、三つでは贅沢《ぜいたく》やったし……けんど思った通りちゃんと二つ残っちょったね……」

母は微かに笑った。

「母ちゃんは良かったぁ。まこち良かったぁ……良かったぁ……幸せやったぁ……一つはあん人に……一つは、おまいに使うたから……良かったぁ……」

「………」

周りで病院の音がした。

そして沈黙。澱《よど》んだ沈黙。

母はもう何も喋らなかった。僕は母にそっと言った。

「うん、良かったね」

返事は無かった。代わりに微かな寝息が聞こえた。母が眠る瞬間に立ち会えたのは初めてのような気がした。見ると目尻《めじり》から老いた耳朶《みみたぶ》にかけて、一雫《しずく》の涙が光っていた。それを見ていたら、今の母の言葉はやはり寝言だったのかも知れないなと思った。

窓の外には仄《ほの》かにゆらめく故郷色の春があった。

母が北村と別れてから実に三十三年が経《た》つ。母はこれまでまるで若い時分に傷つき失ってしまった愛を、生涯かけて一つ一つ取り戻すように生きてきた。「東国原利夫」と共に。彼が縦糸で母が横糸。二人で力を合わせ織り続けた確実な反物はもうでき上がったか……まだまだか……薩摩絣《さつまがすり》のように地味だが味わい深い暮色の二人の反物は……。

利夫のことを考えてみる。

彼の人生は一体何だったのだろうと考えてみる。人は誰しも、一生の中に、いろいろな種類の出来事を含んでいるものだ――例えば、思いがけない幸福とか、突然我が身を襲う不幸。目標を達成できた時の輝きの瞬間とか、挫折し翳《かげ》り行く時間。避けられない災難や納得できない失恋。思い通りにならない未来。他者からの束縛。感動。裏切り。出会い。別れ――。

しかし、彼にはそれら全《すべ》てが無縁に思えた。極めて抑揚のない人生なのだ。平坦で平板で平面な人生。その上を愚痴一つ言わずにずっとずっと歩いて来た。人の人生が一本の映画というなら、とても映画にはなりそうに無かった。始めから終わりまで全て同じシーンの繰り返しなのだ。ただ歩いているだけの映画。科白《せりふ》も無い。そんな映画誰も観《み》ないだろうし、もし観たとしても退屈で眠ってしまうに違いない。退屈な平行線。平行線的恋愛。スポンサーだってつかない。スポンサーのつかない人生。しかし彼にはスポンサーなんかいらないのだ。というのも、彼自身は退屈していないし、眠りもしない。ただひたすら平板的に歩き続けるのだ。山も登らないし、谷も下らない。勿論《もちろん》振り返りもしない。

たとえ振り返っても全部同じシーンなのだから。

きっと彼は我慢していたのだ。様々な感情や出来事の量を、人が生きるのに必要最小限以下の量にセーブしていたのだ。それでよく今日まで生きてこれたものだ。もっと感服するのは彼はそのことに今でも大方満足しているということだった。全く信じられない。とうてい僕のような人間には出来そうもない。だからいつも彼に敬意を抱いている。もし僕が彼のような人物だったら決して今回のような不祥事は起こさなかったように思う。その前に、そもそも芸人になろうなんて考えなかっただろう。

もしかすると彼はちゃんと知っていたのかも知れない。

喜びと悲しみの数が同じであることや、人間の希望と失望の数は初めから決まっていることや、金欲や性欲が実は空疎なものであることなどについて。

そして、あらゆることはプラスマイナス・ゼロであるということを知っていたのかもしれない。そうだゼロなのだと。無なのだと。だったら最初から無に近い人生を送るんだと。無くさなくてすむから。きっとタミはそんな利夫に惚《ほ》れたのだ。そんな利夫に抱えきれないほどの「ホッ」をプレゼントされたのだ。

でも、それで良かったのか。

きっと良かったに違いない。

とにかく彼は後悔することなく歩いて来た。ただ坦々《たんたん》とありふれた日常を。確実に。

しかしそれを継続することによって、ありふれたものをありふれたもので無くした。喜びと悲しみが少数でしかも同数の人生を。

平凡なる非凡。彼の根幹はいつ如何《いか》なる時も何も変化しなかった。それが彼の言った帰る場所なのか。彼は一度も出掛けたことなど無かったのではないか。

そういう彼も、もう年金をもらえる歳《とし》になった。二十数年前に独立して立ち上げた小さな織物工場も知人に譲渡し、今は彼の父が残したささやかな菜園で好きな庭いじりをして暮らしている。

今では激減した若い織師が時折彼を訪ねて来ると、穏やかな表情で若い織師の質問に一つ一つ丁寧に応《こた》え、時には手をとって教えたりしている。

土いじりに疲れると、空を見上げ、とても気持ち良さそうに土色の手拭《てぬぐ》いで、汗で光った額をおさえる。まるで歳をとるのを待ち望んでいたかのように。

母が病気で倒れてから、父は母に常に連れ添うようになったと言う。それまで以上に。近くの店に出かける時も、菜園に行く時も、孫に会いに行く時も。

姉が時々母達を気遣いに行くと、二人はいつも仕舞い忘れたお雛《ひな》様のようにきちんと並んで座っていると言う。あるいはまるで長い長い反物のお揃《そろ》いの柄のように。


ふと空を見上げた。秋色の夕暮れの光が天使の羽のように降っていた。

いつのまにか「山之尾」の吊り橋の前に立っていた。昔、北村とよく来た吊り橋だった。

すっかり新しくなっていた。ロープは鉄のロープになり、紅く化粧してあった。新しくはなっていたが、それはあの時のあの吊り橋そのものとして、僕の目には映った。それ自体が独自の世界を構築し、見ている人を四次元的な世界へ導く確かな吊り橋だった。

まさに原風景がそこにあった。

僕は実際にその橋を渡ってみることにした。縦に揺れた。一回渡り切り、踵を返し今度は中央で立ち止まった。橋は水面《みなも》の波紋のように揺れた。下を見た。遥《はる》か彼方《かなた》に、あの時のように荒らぶる大蛇が何匹も絡《から》み合っていた。後悔や無念、悲哀や疎外感《そがいかん》などの感情を狂おしく孕《はら》んで、大蛇は獲物が落ちてくるのを大口を開けて今か今かと待ち構えていた。北村が僕に信号を送りつづけていたのは、ここの風景だったのか。北村はここから飛び下りる前、果たしてこの吊り橋の絵を描いたのだろうかと妙なことを考えた。もし描いたとするなら、彼はこの吊り橋に宿る魂を描ききれたのだろうかと……。

僕は画板をもつ北村の姿を心の中で描いてみた。あまりうまく想像できなかったが、画用紙に描かれた吊り橋の絵ははっきり浮び上がってきた。

何故かその時急に涙が込み上げて来た。

ここから翔《と》ぶ瞬間、北村の脳裏には一体何が過《よぎ》ったのだろうか。

一瞬、僕もここから翔んでみようかと考えた。そうすれば何もかも明確になる。そんな気がした。

しかし結局僕は飛び下りなかった。

「楽しみっちゅうか、生きがいみたいなんが少しでんある人は、そう易々《やすやす》とは死なんち思うとですよ……」

何か気配を感じて、横を見た。

北村が煙りのように立っていた。

僕は瞬間、凍りついた。目の錯覚だと目を擦《こす》ろうにも手が動かなかった。目を逸《そ》らそうにも眼球が動かない。見るしかなかった。

距離は十メートル。身長は僕と同じくらいだった。灰色の乗馬ズボンに肌色の縮《ちぢみ》帷子《かたびら》を羽織っていた。

一回、僕はその姿を脳裏で打ち消そうとした。しかし、できなかった。彼はそこに確かに実存しているのだ。おそらく走って行って抱きつけば固体としての確かな手応えがあるように思えた。

僕の記憶の彼はいつも後ろ向きだったが、今は僕に堂々と正対していた。

僕らは長く長く見つめ合った。何も聴こえなかった。あたりが暗いのか明るいのかも判別できなかった。

長い沈黙に息を詰め、僕は何か話しかけたかった。しかし話しかけて良いものかどうか、一体何を話しかけるべきか分からなかった。あの頃のように……。

耳鳴りがした。

もしかすると僕はやはりとんでもない幻想を見ているのかも知れなかった。白日夢。北村が幻想だとするとここにいる僕自身も幻想の一部なのか。とすると、ここにくるまでに辿《たど》ってきた道程全てが幻想だったということになりはしまいか。風景があり、色があり、匂《にお》いがあり、ストーリーもある幻想だ。北村の死も今の謹慎も悪い幻想か。昔よく見た万華鏡《まんげきょう》の夢とは正反対の……。

夢……高松海水浴場、すっかり変わった都城、純子さん、納骨堂の墓守の老人、全てが実際には現存しない、全てはゼロの羅列、無の行進だったというのか。そんな馬鹿《ばか》な。

「違う」

僕は心の中で叫んだ。

全ては連続して起こっている。記憶は筋も通っているし明瞭《めいりょう》だ。全部覚えている、行こうと思えば純子さんの店だって、不釣合いな市役所にだって行ける。全ては現実だ。そしてこれまでの現実は全てここに到達するための手段だったのだ。数々の点を線で結びここに辿り着いたのだ。それはとりもなおさずここ——北村と僕が繋《つな》がっていたということだ。

その時、

北村が微《かす》かに笑った。

見たこともないような優しい笑みだった。

やはり現実なのだ。北村はそこにいるのだ。亡霊として、御魂として、死霊《しりよう》として。

そんなことはどうでもいい。たとえそれが亡霊であろうと御魂であろうと死霊であろうと、北村がそこにいるという現実はゆるぎないのだ。

今僕は彼に話しかけなくてはいけない。今こそ話しかけなければ区切りがつかないのだ。このままでは未来《さき》へ進めない。ここ、つまり北村から脱出できない。奴《やつ》を超えられない。奴を抹殺できないんだ。

かつて「打破しろ」と僕に叫んだのは北村本人だったのだ。そうだ、そうに違いない。

僕は思い切って口を開いた。僕は彼についぞ一度も言えなかった言葉を慎重に確認しながらゆっくり言った。

「と・う・さ・ん」

僅かに北村が動いた。

しかし、何も言わなかった。自分で描いた肖像画のように黙っていた。

生命感の無い顔だった。

数秒経った。

突然、北村が僕に頭を下げた。そして、

「すまんかった」

と、搾《しぼ》り出すように言った。肩が震えていた。

溢《あふ》れ出した涙に、父の姿が霞《かす》んだ次の瞬間、父はすうっと煙りのように消えた。

やがて滝の音が聴こえて来た。

幽《かす》かにそこの空気が動いたような気がした。

あとがき

春くらいから、子供が野球を始めた。休日はたいてい裏の駐車場で、一緒にキャッチボールやバッティングの練習をしている。日一日と彼の投球や捕球の技術は上達し、スイングは驚くほど力強くなった。ある朝、ジャストミートした彼の打球が約四十m先のフェンスを超え、鬱蒼《うっそう》と繁《しげ》ったブッシュの中に飛び込んだ。

「ホームランだ」息子は嬉《うれ》しそうに飛び跳ねた。ホームランは初めてだった。嬉しかったのは息子だけではなかった。僕は小躍りしながら、ブッシュに分け入り白球を捜す。ニヤニヤしているのが自分でも分かる。草いきれがとても心地良い。

ボールはなかなか見つからなかった。それでも丹念に探した。その内に息子も加わった。

息子と藪《やぶ》の中を徘徊《はいかい》するのは初めてである。北村と山歩きをしたことを思い出した。

「たしかこの辺だったんだけどな……」

息子が嬉しそうに呟《つぶや》く。

確かにこの辺だった。僕も同じように心の中で呟いた。

靴とグローブで草をなぎ倒し、隅々まで懸命に捜した。初ホームランと言う記念のボールだった。時々、ささくれ立った草木が脛《すね》や肘《ひじ》を刺した。それでもボールは見つからない。見つかるのは誰かが捨てた空き缶やティッシュばかりである。

すると、後ろで突然、息子が叫んだ。

「おとうさん、あった」

僕はドキリとし、反射的に振り返った。

息子が満面の笑みを浮かべ、少し緑色になったボールを高々と手に翳《かざ》していた。

彼の目は山間《やまあい》の湖水のように澄んでいた。

僕は、ボールがあったことより、息子が発した「おとうさん」という響きにどきどきしていた。

彼が僕のことを「おとうさん」と呼んだのはその時が初めてだった。しかし、とても自然だった。今までは「パパ」だったのだ。

彼の目を覗《のぞ》きこむ。キラキラと輝いている。彼の目に映った僕の顔は、はにかんでいる。

ふと、目の前の葉っぱにいたバッタが飛んだ。

遠くで息子の声がした。

「何、ぼっとしてんの。早くやろうよ。おとうさん」

息子が、空に向かって思いっきり白球を投げ上げた。球は空高く舞い上がった。

空は澄んで一点の曇りも無かった。

白いボールが一瞬宙に止まり、どこまでも続く青を背に、太陽のようにキラキラと光った。

この作品は平成十三年二月新潮社より刊行された。
文庫版の著者名は、四刷以降「そのまんま東」から本名の「東国原英夫」に変更した。

伊集院静著

海峡

―海峡 幼年篇―

かけがえのない人との別れ。切なさを嚙みしめて少年は海を見つめた――。瀬戸内の小さな港町で過ごした少年時代を描く自伝的長編。

伊集院静著

春雷

―海峡 少年篇―

篤い友情、淡い初恋、弟との心の絆、父への反抗――。十四歳という嵐の季節を、少年は一途に突き進む。自伝的長編、波瀾の第二部。

伊集院静著

岬へ

―海峡 青春篇―

報われぬ想い、失われた命、破れた絆――。運命に翻弄され行き惑う時、青年は心の岬をめざす。激動の「海峡」三部作、完結。

辻仁成著

海峡の光

芥川賞受賞

函館の刑務所で看守を務める私の前に現れた受刑者一名。少年の日、私を残酷に苦しめた、あいつだ……。海峡に揺らめく、人生の暗流。

辻仁成著

そこに君がいた

君と過ごした煌めく時間は、いつまでも僕のいちばんの宝物だ――。大切な人への熱い想いがほとばしる、書き下ろし青春エッセイ集。

安岡章太郎著

僕の昭和史

大正天皇崩御から始まる僕の記憶――。同時代を生きた文士が、極めて私的な体験を通して「激動の昭和」を綴る。愛惜の時代史。

なかにし礼著

赤い月（上・下）

野望を胸に渡った満洲で、一刻の栄華と熾烈な運命が待っていた。母をモデルに、戦争という極限下での〈家族と愛〉を問う自伝的大作。

小林信彦著

日本の喜劇人

芸術選奨受賞

エノケン、ロッパから萩本欽一、たけしまでの喜劇人たちの素顔を具体的な記述の積み重ねで鮮やかに描きだす喜劇人の昭和史。

小林信彦著

おかしな男 渥美清

凄みと、変な愛敬と。日本人のファンタジー「寅さん」に殉じた男の若き日の素顔、芸の本質を浮かび上がらせる、実感的喜劇人伝。

神津友好著

笑伝 林家三平

「どうもすイません」でおなじみ、爆笑王・林家三平の生涯を描いた伝記。没後25年、長男こぶ平の正蔵襲名を機に、待望の復刊！

山口瞳著

江分利満氏の優雅な生活

直木賞受賞

江分利満氏は昭和の年号と同じ年齢。社宅に住み、遅刻の常習者で、無器用で……都会的センスでサラリーマンの哀歓を謳いあげる。

司馬遼太郎著

司馬遼太郎が考えたこと 1

—エッセイ 1953.10～1961.10—

40年以上の創作活動のかたわら書き残したエッセイの集大成シリーズ。第1巻は新聞記者時代から直木賞受賞前後までの89篇を収録。

宮本輝著 **流転の海** 第一部

理不尽で我儘で好色な男の周辺に生起する幾多の波瀾。父と子の関係を軸に戦後生活の有為転変を力強く描く、著者畢生の大作。

宮本輝著 **地の星** 流転の海第二部

人間の縁の不思議、父祖の地のもたらす血の騒ぎ……。事業の志半ばで、郷里・南宇和に引きこもった松坂熊吾の雌伏の三年を描く。

宮本輝著 **血脈の火** 流転の海第三部

老母の失踪、洞爺丸台風の一撃……大阪へ戻った松坂熊吾一家を、復興期の日本の荒波が翻弄する。壮大な人間ドラマ第三部。

宮本輝著 **天の夜曲** 流転の海第四部

富山に妻子を置き、大阪で事業を始める松坂熊吾。苦闘する一家のドラマを高度経済成長期の日本を背景に描く、ライフワーク第四部。

曽野綾子著 **太郎物語** ―高校編―

苦悩をあらわにするなんて甘えだ――現代っ子、太郎はそう思う。さまざまな悩みを抱いて、彼はたくましく青春の季節を生きていく。

藤堂志津子著 **人形を捨てる**

孤独で夢見がちだった少女は、物語を紡ぐことで大人になった。そして……。恋愛小説の名手が振り返る半生。みずみずしい魂の遍歴。

向田邦子著　男どき女どき

どんな平凡な人生にも、心さわぐ時がある。その一瞬の輝きを描く最後の小説四編に、珠玉のエッセイを加えたラスト・メッセージ集。

つげ義春著　無能の人・日の戯れ

ろくに働かず稼ぎもなく、妻子にさえ罵られ、無為に過ごす漫画家を描く「無能の人」など、人間存在に迫る〈私〉漫画の代表作12編集成。

いかりや長介著　だめだこりゃ

ドリフターズのお化け番組「全員集合」の裏話、俳優転進から「踊る大捜査線」の大ヒットまで。純情いかりや長介の豪快半生を綴る!!

小林旭著　さすらい

芸能生活51年目のスタートをきるスーパースター小林旭が、ひばりや裕次郎への思い、そして日本映画への「熱き心」を語った感動の書。

猪木寛至著　アントニオ猪木自伝

モハメド・アリ、結婚と離婚、国会、金銭トラブル、そして引退。プロレス界の顔「燃える闘魂」が波瀾の人生を語り尽くす決定版自伝。

志村けん著　変なおじさん【完全版】

子供の頃からコメディアンになろうと決心し、ずっとコントにこだわってきた！　そんなお笑いバカ人生をシャイに語るエッセイ集。

爆笑問題著
爆笑問題の「文学のススメ」
お茶の間でお馴染みの二人が、平成の文豪たちに挑戦。彼らにかかれば、ブンガクもお笑いになる? 笑って、楽しむ小説の最前線。

本上まなみ著
ほんじょの鉛筆日和。
どんよりの曇りやじとじとの雨降りの鉛筆日和に、ほんじょがしこしこ書きとめた、心がほんわかあったかくなる取って置きのお話。

岸惠子著
風が見ていた（上・下）
人の世は、くるくると廻るカオス――。パリに渡った一人の女性を翻弄する、激しい恋と歴史の宿命。著者渾身の自伝的長編小説。

黒柳徹子著
トットチャンネル
絵本が上手に読めるお母さんになりたくて、草創期のテレビの世界に飛び込んだトットちゃん。ひたむきな青春を描く感動の自伝。

黒柳徹子著
小さいときから考えてきたこと
小さいときからまっすぐで、いまも女優、ユニセフ親善大使として大勢の「かけがえのない人々」と出会うトットの私的愛情エッセイ。

ねじめ正一著
高円寺純情商店街
直木賞受賞

賑やかな商店街に暮らす、正一少年の瞳に映った「かつてあったかもしれない東京」の佇まい。街と人々の関わりを描く連作短編集。

重松 清著　見張り塔からずっと

3組の夫婦、3つの苦悩の果てに光は射すのか？　現代という街で、道に迷った私たち。新・山本周五郎賞受賞作家の家族小説集。

柳 美里著　ゴールドラッシュ

なぜ人を殺してはいけないのか？　どうしたら人を信じられるのか？　心に闇をもつ14歳の少年をリアルに描く、現代文学の最高峰！

江國香織著　神様のボート

消えたパパを待って、あたしとママはずっと旅がらす…。恋愛の静かな狂気に囚われた母と、その傍らで成長していく娘の遥かな物語。

角田光代著　キッドナップ・ツアー
産経児童出版文化賞フジテレビ賞
路傍の石文学賞

私はおとうさんにユウカイ(=キッドナップ)された！　だらしなくて情けない父親とクールな女の子ハルの、ひと夏のユウカイ旅行。

湯本香樹実著　夏の庭
— The Friends —

死への興味から、生ける屍のような老人を「観察」し始めた少年たち。いつしか双方の間に、深く不思議な交流が生まれるのだが……。

乃南アサ著　トゥインクル・ボーイ

小学生の拓馬は、美しい笑顔で大人たちを喜ばせ、欲しいものを何でも手に入れたが――。少年少女たちの「裏の顔」を描いた短編七編。

さくらももこ著

さくらえび

父ヒロシに幼い息子、ももこのすっとこどっこいな日常のオールスターが勢揃い！　奇跡の爆笑雑誌「富士山」からの粒よりエッセイ。

斎藤学著

家族依存症

いわゆる「良い子」、「理想的な家庭」ほど、現代社会の深刻な病理〝家族依存症〟に蝕まれている。新たな家族像を見直すための一冊。

千住文子著

千住家の教育白書

長男・博は日本画、次男・明は作曲、そして娘・真理子はヴァイオリンに……。三人の〝世界的芸術家〟を育てた母の奮闘と感動の記録。

服部祥子著

子どもが育つみちすじ

ながい親と子の旅路で出合う葛藤とその処方箋を、精神科医として、母親として指し示すロングセラー、待望の文庫化。

藤原正彦著

父の威厳　数学者の意地

武士の血をひく数学者が、妻、育ち盛りの三人息子との侃々諤々の日常を、冷静かつホットに描ききる。著者本領全開の傑作エッセイ集。

藤原正彦著

古風堂々数学者

独特の教育論・文化論、得意の家族物に少年期を活写した中編。武士道精神を尊び、情に棹さしてばかりの数学者による、48篇の傑作随筆。

JASRAC 出0702813-804

ゆっくり歩《ある》け、空《そら》を見《み》ろ

新潮文庫　ひ - 26 - 1

平成十九年四月一日発行
平成二十年三月十五日四刷

著者　東《ひがし》国《こく》原《ばる》英《ひで》夫《お》

発行者　佐藤隆信

発行所　株式会社新潮社

郵便番号　一六二—八七一一
東京都新宿区矢来町七一
電話　編集部(〇三)三二六六—五四四〇
読者係(〇三)三二六六—五一一一
http://www.shinchosha.co.jp

価格はカバーに表示してあります。

乱丁・落丁本は、ご面倒ですが小社読者係宛ご送付ください。送料小社負担にてお取替えいたします。

印刷・錦明印刷株式会社　製本・錦明印刷株式会社

ISBN978-4-10-131471-6 C0193